SV

AF708224

Band 1484 der Bibliothek Suhrkamp

Zwei junge Männer planen eine Bergbesteigung, der eine, tüchtige, blickt auf zum Ziel, dem Gipfel. Der andere, unentschlossen, ist nur Mitgänger. Nach einigen Wechselfällen gibt er auf und kehrt zurück. Der Gipfelstürmer setzt den Anstieg im Alleingang fort und beginnt, oben angelangt, ein langes, von ihm in allen Stationen und Steigerungen bewußt erlebtes, geradezu bedachtsam vollzogenes Sterben. Der Mutlose begegnet seinem, einem raschen Tod, als er, bereits wieder im Tal, aus Unvorsicht in einen Wildbach stürzt.

Ludwig Hohl wurde 1904 im glarnerischen Netstal in der Schweiz geboren, er starb 1980 in Genf.

Ludwig Hohl
Bergfahrt

Suhrkamp Verlag

Erste Auflage 2023
© Suhrkamp Verlag Frankfurt am Main 1975
Alle Rechte vorbehalten, insbesondere das der Übersetzung,
des öffentlichen Vortrags sowie der Übertragung
durch Rundfunk und Fernsehen, auch einzelner Teile.
Kein Teil des Werkes darf in irgendeiner Form
(durch Fotografie, Mikrofilm oder andere Verfahren)
ohne schriftliche Genehmigung des Verlages reproduziert
oder unter Verwendung elektronischer Systeme
verarbeitet, vervielfältigt oder verbreitet werden.
Umschlaggestaltung: Willy Fleckhaus
Druck: BoD GmbH, Norderstedt
Printed in Germany
ISBN 978-3-518-24338-1

www.suhrkamp.de

Für Adolf Muschg

I

Ein ungeheures Schiff

Im Frühsommer, zu frühester Morgenstunde, tief in den Alpen, am Vereinigungspunkt zweier Täler, auf grünen Eisenstühlen vor einem noch schlafenden Café sitzen zwei Gestalten, an ihrer Aufmachung und Ausrüstung unschwer als Alpinisten zu erkennen (dicke Wollkleidung und Filzhüte, Rucksäcke, ein gerolltes Seil über dem einen, lange Pickel und schwere Nagelschuhe – die Geschichte spielt in einem Anfangsjahrzehnt des Jahrhunderts). Sie warten auf einen Autobus, der sie ein Stück hinauf in das Nebental bringen soll. Lang und hager der eine, mit schläfrigem Gesichtsausdruck; und nach einiger Zeit ist er wirklich eingeschlafen. Der andere, bei weitem nicht so groß, von konzentrierterem Wesen, schaute unaufhörlich hinauf, schaute forschend hinauf, zu den Gipfeln einiger von den Bergen, wie sie ringsum in ungewöhnlich machtvoller, strahlender Anwesenheit standen.

»Wenn er nur mitkommt!« murmelte er kaum vernehmlich – oder dachte er nur – hinsichtlich seines eingeschlafenen Begleiters.

Das tief in hohes Gebirge eingeschnittene flache Tal

hat die Apotheose seiner Fruchtbarkeit erreicht; da und dort ist schon eine Wiese gemäht worden, während die andern des Schnitters warten, ein mannigfaltiges Meer des ragenden Grünen. Wie viele wissen, was für eine Magie an einem sehr frühen Morgen dieser Jahreszeit und bei vollkommen gutem Wetter ein fruchtbares Gebirgstal entfalten kann; eine Magie, die zugleich ein Mächtiges und ein unsäglich Zartes, Ahnungsvolles enthält? Die Mächtigkeit beruht auf dem Reichtum des Grünen, der Gewaltigkeit der Berge, dem Licht des Himmels, das zu groß ist, als daß der Himmel schon blau sein könnte; sein künftiges Blau wartet hinter einem Hellen, einem schimmernden sich bewegenden Weiß, der Farbe des Zinnes (die Sonne scheint erst auf die höchsten Berge, noch lange nicht hier). Das Zarte dagegen, das Leise, das Unsägliche, kommt zustande durch eine Spur von Nebeln in den Niederungen, das Klingen einer Sense, das bisweilen aus irgendeiner Ferne herübergetragen wird, des Tales tiefe Ruhe. Aus den Gründen von allem möglichen Grün hervor blitzt an der einen oder andern Stelle verheißungsvoll-heftig das Flüßchen. – Eines der zwei Flüßchen, um genau zu sein, die sich hier in der Nähe irgendwo verborgen zwischen hellgrünen Gebüschen vereinigen.

Denn es sind zwei Täler, die wir überblicken, das Gelände ist weit. Und in unermeßlich weitem Sockel erhebt sich aus den zwei Tälern das Gebirgsmassiv, auf das man vor allem zu blicken gezwungen ist: Dunkel von Wäldern, dann, in höheren Stufen, durch ruhige Wände gesichert, manchmal aus Schutt gebildeten Hängen, dann aus neuen Felsen, endlich aus Gletschern, erhebt es sich bis zum langgezogenen höchsten Grat, der jählings in fast senkrechtem Abbruch endet; der, mehrere Gipfel verbindend, kampflos, makellos vor dem hellen, flimmernd hellen Hintergrunde sich hinschwingt, den größten Gegensatz darstellend zu jedem zerklüfteten, wilden, bizarren Gebirge.

So ist der Berg aus einer gewissen Distanz und von unten gesehen. An ihm ist nur Steilheit, gelassener Sieg, fragloser Sieg. Der oberste Teil seiner Flanke, aus Firn und grauem, leise glänzendem, glattem Fels, gleicht einem Schild, einem Panzer, einer feinen in Stahl oder Silber eingelegten Arbeit. Und das ganze langgezogene Gebilde dieses Gipfelbaues vor den hellen Himmeln hätte vielleicht auch den Eindruck erwecken können von einem sehr großen Schiff, das nicht in ein Erdenmeer nur, das in die Ewigkeit hinein führe.

2

Erster Anstieg

Am Vormittag vollzieht sich der erste Anstieg durch den lichten Bergwald auf einem in Serpentinen angelegten Weg, über einen langen und steilen Hang, einen von Licht und Luft durchflossenen, der in Kühle noch und in erster Wärme steht zugleich. Voran geht Ull, hinterher der lange, hagere Johann, aber sie schreiten nicht auf dieselbe Art: gebückt wohl beide, der erste jedoch in etwas höherem Maße, mit geschmeidigeren, fast etwas nachlässigen Bewegungen: er ist ein guter Berggänger; der zweite dagegen hat nichts Geschmeidiges, er arbeitet mit Kraft, als ob er dem Berg harte Stöße versetzen müsse: ein schlechter Gänger.
Bald schon ist leichter Schweiß ausgebrochen; es drücken die Riemen der schweren Säcke, eine Stelle an den Schuhen, am Gürtel oder anderswo; bei dem gleichförmigen Geräusch der kratzenden Nagelschuhe, der Pickelspitze auf dem Gestein und rollenden Geschiebes, bei dem scheinbaren nicht Höherkommen, gleicht das mühselige Begehen des Wegs dem von vielen, von hundert anderen. Aus der Tiefe das Murmeln oder leise Tosen eines Bachs, bald kaum hörbar, bald vernehmlicher. Eine Stunde, zwei

Stunden lang, mehr – und es scheint, der Aufstieg dauere ewig.

Aber auf einmal hat sich vieles geändert. Der Hang ist zu Ende, ist in eine Art breite Schulter übergegangen, die in rechtem Winkel zum Hang gegen die Gesamtflanke des Gebirges vorstößt, leicht ansteigend. Der spärliche Wald hat nun aufgehört; vor allem sind seine Laubbäume mehr und mehr durch Tannen ersetzt worden und diese stehen nur noch vereinzelt und von dürftiger Gestalt in Wiesen; man beginnt einzutreten in die Alpregion.

Schon haben sie tausend Meter unter sich gebracht. Eine weite Aussicht hatte sich eröffnet. Bei einer Quelle am Wege ließen sie sich nieder, einem kleinen Wässerlein, das über Felsen rann, inmitten eines breiten Rasenbandes, das der Weg querte, im Zickzack hinansteigend, dem Fuß einer größeren und zusammenhängenden Felswand entgegen, die wenig weiter oben die Wiesenhänge ablöste. Die Wärme war nun gestiegen, Hang und Felsen strahlten eine eigentliche Hitze aus, kein Wind ging, und eine wunderbare Ruhe breitete sich über alles. Das Berggras ringsum, von herberem Grün, härter und zarter und weniger hoch als das fette Gras der Täler, lud zur Rast ein. Man blickte hinunter in den obern Teil des Seitentals, zu seinem kleinen Fluß und jenseits, wenig erhöht über ihm, einem wahrhaft träumenden Dörfchen; es sah so still, so rein aus, in so edler Friedlichkeit ruhend, wie keine Dörfer in Wirklichkeit sein können, wenn man schon Wirklichkeit jene Nähe nennen will, wo man mit einem Ding zusammen leben, es berühren kann. Und das Tönen des Baches oder kleinen Flusses – oder vielleicht noch verschiedener anderer Bäche – drang unaufhörlich, gedämpft und melodisch, aus der Tiefe herauf. Immer aber hier oben, neben den weichen, mit zarten Blumen geschmückten Rasenpolstern, die schönen, ewig ruhenden Felsen, die einen in bläulichen, schwärzlichen Schatten, die andern glitzernd, bebend fast unter der Gewalt der Mittagssonne, zitterndes Licht sendend.

»Wir haben Zeit genug; wir können hier eine oder zwei Stunden bleiben, wenn es uns gefällt.« Ull hatte seinen Rucksack geöffnet, zog einiges hervor. Johann hatte den Sack ebenfalls abgelegt, saß daneben und rührte sich nicht. Ull reichte ihm einen Becher des klaren Wassers, den er sofort leerte und zurückgab, und wieder rührte er sich nicht. »Willst du nichts zu dir nehmen?«

»Ich esse halt dann, wenn wir droben sind.«

»Wo droben? Was, zum Teufel, willst du damit sagen? Vielleicht in der Hütte – vielleicht morgen auf einem Gipfel?«

Ein Zucken mit der Schulter anstelle einer Antwort.

»Du weißt, daß für einen Bergsteiger viel davon abhängt, daß er sich nährt, und zwar von Anfang an.«

Er wollte noch hinzufügen: »Wenn du jetzt schon nichts issest, wirst du nicht durchhalten«, behielt das aber für sich.

Es ist jedoch zu bemerken, daß Johann in seinem allgemeinen Leben ein starker Esser war trotz seiner Hagerkeit. In Paris in einem kleinen Restaurant bestellte er nicht selten zwei Menus auf einmal mit nur einem Gedeck; kaufte er sich am Nachmittag dreihundert Gramm Käse, den er in etwa zwanzig Würfel zerschnitt und im Nu vertilgte mit einer entsprechenden Menge Brot dazu. So hatte er am Vortage, als sie sich im Marktflecken verproviantierten, seine Augen auf Büchsen gerichtet, die ein Kilo Rindfleisch enthielten, und Ull riet ihm ab davon (weil solche Büchsen niemals in einem Mal aufzuessen und auch nicht aufzubewahren seien, also eine unnötige Belastung darstellten); nachher zeigte sich, daß er doch drei dieser Büchsen mitgeschmuggelt hatte. Wenn Johann einen Anfall von Melancholie hatte, was oft geschah, so pflegte dies keineswegs seine Freßlust zu vermindern, im Gegenteil. Und eben deshalb war Ull nun beunruhigt. Er versuchte es mit nochmaligem Zureden. Und wieder war die Antwort:

»Halt wenn wir oben sind.«

Dabei machte er eine hilflose Bewegung mit der Hand gegen das unermeßliche, unüberblickbare Getürme der Bergflanke.

3

In der Alphütte

Die Felsenstufe, diese erste und bescheidenste, haben sie auf dem bequemen Weg rasch überwunden; sie bildet die Schwelle zu einer langgestreckten, im ganzen ebenen Terrasse, der eigentlichen Alp. Hier ist alles anders! Der Blick in die Tiefe, in die bewohnte Welt, ist mit einem Male abgeschnitten; ausgedehnte Felder Winterschnees liegen noch da, neben freien, verblichenen Polstern ähnlichen Stellen, aber auch grüneren, an denen zahlreich die Schneeglöckchen sprießen. Irgendwo liegen drei Hütten. Die Alp ist natürlich zu dieser Jahreszeit noch nicht bewohnt. Nirgends eines Menschen Spuren. (Wie sie überhaupt auf dem ganzen Aufstieg seit Verlassen des letzten Weilers, außer dem Weg und einer kleinen Heuhütte, keines Menschen Spuren begegnet sind.) Und kühl ist es da, weil nachmittags am Nordhang des Gebirges die Sonne schon nicht mehr scheint, jedenfalls wenn, wie hier gleich nach der nicht breiten Terrasse, ein riesiger Aufschwung einsetzt, wohl sechshundert Meter hoch, aus vielerlei Felsen, vor allem aber dazwischen Schnee und Schnee.

Ull ist stillgestanden und schaut da hinauf, angestrengt spähend, und schüttelt endlich den Kopf.

»Siehst du –, siehst du da, in der halben Höhe des Hangs, die schwarze, fast genau dreieckige Felswand? Zu ihren Füßen müßte die Hütte liegen, ich täusche mich nicht. – Ich meine die Schutzhütte, in der wir heute abend Quartier beziehen sollten.« – Nun erblickte man aber an der bezeichneten Stelle nichts als eine einzige Schneefläche.

Ull fuhr fort: »Daß dieser Sommer sich verspätet hat, wußte ich, aber in einem solchen Ausmaß –. Nun, die Hütte ist entweder verschwunden – verbrannt, abgebrochen – oder dann ganz und gar unter dem Schnee vergraben.«

Sie wanderten über das Plateau, nach den Alphütten zu sehen, welche in etwa zwei Minuten Abstand voneinander lagen. Die erste war verriegelt, die zweite eine Ruine, die dritte konnte für einen Aufenthalt in Frage kommen. Unten ein Stall, den Boden mit Kuhmist bedeckt, sonst völlig kahl; darüber aber befand sich ein Dachboden mit einer genügenden Menge Heu und selbst einigen Holzvorräten. Man erreichte seinen Zugang von außen, auf der der Stalltür entgegengesetzten Seite, über nur zwei Steinstufen: denn die Hütte war in einen Hang hineingebaut, gegen eine sie überragende langgezogene Erhöhung (unschwer als alte Moräne zu erkennen). Diesem Umstand kam für den Aufenthalt in der Hütte eine gewisse Bedeutung zu, weil der Heuboden zwar ein solides

Dach, aber keine richtigen Wände besaß: die aufrechten Bretter schlossen nicht aneinander an, sondern ließen Zwischenräume frei von etwa ihrer eigenen Breite. Eine Bedeutung also als Windschutz. – Und wie fast immer bei Alphütten floß auch Wasser in der Nähe.

»Was meinst du?« begann Ull wieder. »Ich denke, es ist besser, wir bleiben hier. Hier zu übernachten, hat seine Vor- und Nachteile. Der Aufstieg wird morgen eine Stunde länger sein. Aber wahrscheinlich wird es unmöglich sein, die Tür freizubekommen, ja vielleicht die Hütte überhaupt zu finden. Auf alle Fälle haben wir dort weder Wasser noch die Möglichkeit, Feuer zu machen. Wenn wir heute hinaufsteigen, so riskieren wir, den Weg umsonst zu machen, zum Übernachten doch wieder hierher zurückkommen zu müssen.« Johann hatte nichts einzuwenden.

»Ich rate dir, meinem Beispiel zu folgen«, sagte Ull, als sie sich anschickten, früh noch am Abend, sich niederzulegen. »Man bildet zuerst, wie du siehst, im Heu eine Grube, so schmal und tief wie möglich, das heißt, die Heuwälle auf beiden Seiten müssen einander nahe und so hoch und steil wie möglich sein. Oben in die Grube den Rucksack als Kopfkissen. Die Decke über sich.« Es handelte sich um sehr dürftige Decken, die sie für alle Fälle mitgenommen hatten, nicht groß und vor allem nicht schwer. »Wenn man dann in der Grube sich ausgestreckt hat, genügen wenige Bewegungen, das Heu über den Körper fallen zu lassen; man ist so tief eingegraben, daß man nicht frieren würde, auch wenn die Kälte größer wäre.« Johann folgte diesem Beispiel nicht.

Er verbrachte eine keineswegs gute Nacht. Ull erwachte ein erstes Mal: er hörte rumoren, es wurde im Dunkel umhergetastet.

»Suchst du etwas?«

»Ach«, antwortete Johann mit einer verärgerten und fast weinerlichen Stimme, »der Wind pfeift da wieder durch ein Loch, ich muß es verstopfen.«

Später erwachte Ull abermals: wieder rumorte Johann im Raume, ein Brett wurde gerückt, man vernahm ein leichtes Ächzen; angerufen, antwortete er mit einer ähnlichen Stimme wie vorher, nein, nicht mehr dasselbe Loch sei es, durch ein anderes pfeife jetzt der Wind so unerträglich!

»Aber die ganze Wand besteht doch nur aus Löchern! So bette dich doch ins Heu ein!«

Indessen war die Nacht fast völlig windstill und am wenigsten konnte von einem Pfeifen des Windes die Rede sein. Wohl vernahm man von Zeit zu Zeit ein großes weites Sausen wie vom Meer, langgezogen, wie von einem großen Blasbalg her, der sich langsam bewegte, Atemzüge, als ob einer im Schlaf milde aufseufze – ein Schläfer aber nicht von Tier- oder Menschenkleinheit: das Gebirge selber war vielleicht dieser Schläfer. Dann blieb wieder die allgemeine Stille der Bergnacht, jene gewaltige Stille, deren Grund dennoch ein immerwährendes, melodisches Tosen bildet, aber ein so sanftes Tosen, daß man es nicht mehr hört, sobald das geringste besondere Geräusch sich erhebt, und das nachher wieder da ist, rätselhaft und unveränderlich, wie aus weit entfernten, riesigen Kesseln her, die man nicht finden würde, wenn man sie suchte.

4

Traum vom Bären

Einmal ging Ull hinaus, nach dem Wetter Ausschau zu halten; einige Anzeichen vom vergangenen Abend hatten zu Befürchtungen Anlaß gegeben; und siehe, der ganze Himmel hatte sich überzogen.

Jedesmal wenn Ull erwachte (um gleich wieder einzuschlafen), fand er Johann auch schon wach, er hörte ihn leise seufzen, ächzen, murmeln. Daraus zu schließen, daß Johann diese Nacht überhaupt nicht geschlafen habe, wäre indessen unrichtig; das geht schon daraus hervor, daß er einen Traum tat, der ihm so wichtig schien, daß er anderntags, seine übliche Stummheit brechend, ihn Ull ausführlich erzählte:

Er befand sich in bedenklicher, ja in bedenklichster Lage. Denn das, was da drohte, womit man es da zu tun hatte, war nichts anderes als ein Bär und zwar nicht etwa ein kleiner, ein zahmer oder eingesperrter, sondern ein frei umhergehender und sehr großer Bär, dessen süßlicher Gesichtsausdruck über seine Absichten und seine erschreckende Gewaltigkeit nicht hinwegtäuschen konnte. Johann fühlte sich von Anfang an schon wie vernichtet, gelähmt, etwas Wirkungsvolles zu unternehmen oder auch nur zu versuchen.

Es war aber noch ein anderer Mensch da, sie waren zwei, es mit dem Unhold aufzunehmen. Dieser andere war ein Freund aus der höheren Schule, damals der bester Mathematiker der Klasse, ein eigentümlich trockener Mensch, der gewohnt war, alles nach mathematischen Gesichtspunkten zu erklären. Er zeigte sich durch die Erscheinung des Bären nicht eingeschüchtert, sondern legte eine verwickelte Methode dar, dem Bär zu begegnen und seiner Herr zu werden, ereiferte sich, die Methode in ihren Teilen zu erklären und zu beweisen; er benahm sich genau wie ein Schachspieler, der jedoch nicht selber spielen, sondern einem andern einen besonderen Zug oder eine ganze Taktik lehrhaft vorführen würde, selbstlos, gefesselt durch das einzelne und weniger auf den Sieg bedacht als auf die Vortrefflichkeit der Kriegführung. Gewiß war das alles auf das beste ausgedacht, übte jedoch auf das Treiben des unberechenbaren und unheimlichen Gesellen nicht den geringsten Einfluß aus. – Da kam Ull.

Der lachte nur. (Sein besonderes etwas von der Natur des Sarkasmus tragendes Grinsen hatte er, das bisweilen mit erstaunlicher Plötzlichkeit in den Ausdruck höchster Konzentriertheit umschlagen konnte.) Er sah fast unscheinbar aus, schien noch weniger groß zu sein als sonst. Aber welche Geladenheit, welche Sicherheit ging von seiner Person aus! Schon wie er dem Bären entgegenschritt, wußte man, daß dessen Los entschieden war. Klein und fein stand er vor ihm, wie eine Elfenbeinfigur, der ihn an Höhe und Breite um vieles übertraf; der aber wie ein riesiger Lappen geworden war, völlig willenlos; in seiner plumpen Größe senkte er beschämt das Haupt. Wohin Ull ihm nur durch einen Wink zu gehen andeutete, dahin ging der Bär.

5

Der Melancholie-Hang

Da am frühesten Morgen schon entschiedener Regen einsetzte, sah sich Ull dem mühseligen Erwägen, ob der Aufbruch zu einer Besteigung ratsam oder nicht ratsam sei, enthoben; und den ganzen Tag sollte es regnen oder schneien; dicke Nebel hüllten fast dauernd die nächste Umgebung ein.
Solch ein Tag des Wartens im Gebirge ist lang und doch meistens weniger lang, als man annehmen könnte. Dadurch daß man, da nun jeder Ausblick und jede Wirkungsmöglichkeit ins Fernere versagt ist, sich nächsten und gewöhnlichen Dingen zuzuwenden genötigt ist, so geringen und nahen Dingen, daß sie bisher fast immer übersehen wurden, macht man ungewöhnliche Entdeckungen. Die Dinge im Rucksack gewinnen ein neues Leben (etwa ein Faden und eine Nadel, einen Knopf anzunähen); auch die verschiedenartigen Steine vor der Hütte, unter denen man den geeigneten (oder vielmehr die zwei geeigneten) wählt, einen gelockerten Schuhnagel zu befestigen; unter der Schwelle kommt ein merkwürdiges Käferchen hervor, um sich einer eifrigen, für uns unverständlichen Tätigkeit zu widmen; und wenn es

ganz still ist und du dich nicht rührst, erblickst du nach einer Weile sicher auch eine Maus. Die nächsten kleinen Felsköpfe und Steinblöcke einer alten Moräne, sonst überhaupt nicht beachtet und jetzt im Nebel den äußersten Rand der Welt bildend, bekommen ein vielgestaltiges Gesicht. Und wenn man mit Proviant und Tabak genügend versehen ist, entwickelt sich nicht selten an solchen Tagen eine eigentümliche Lust. Es eröffnet sich der Quell der Erinnerungen; da brechen Bergsteiger ihre Stummheit – gute Alpinisten sind fast immer schweigsame Menschen – und erzählen ausführlich, wozu sie sonst nie die Zeit oder die Gehaltenheit der Blickkraft finden, von vergangenen, oft weit zurückliegenden Fahrten, von Glanzvollem und (dies viel eher) von Bedrohlichem, schweren überstandenen Stunden oder Viertelstunden, die freilich jetzt auch schon glanzvoll geworden sind ... Auch Ull hätte das tun wollen; aber jeder Versuch scheiterte an dem Zustand seines Zuhörers – der eben ganz und gar kein Zuhörer war. Wie soll man zu einer Figur aus Holz oder aus Gips reden? Johann schaute irgendwohin – wohin? Nein, er schaute nirgendwohin. Kein Hauch inneren Lebens ging mehr von ihm aus.

Aber plötzlich erblickte er etwas; sein Gesicht belebte sich; seine Augen kamen nicht mehr los, waren eigentlich gebannt. Er sah in einen Spiegel:

Einmal nämlich im Laufe des eingedunkelten Tages bildete sich in den Wolkenmassen ein Fenster, durch das man weit hinüber an den Hang eines Hochtals blickte, einen zuerst wohl nichtssagenden, einen trostlos-dürftigen Hang. Unermeßliches Nebelgewoge trat zu beiden Seiten zurück, in Ballungen spielend, ruhig fließend und sich ziehend. Was man auf diese Weise eingerahmt zu sehen bekam, war ein vollkommen monotones, aus steilen Weiden gebildetes weites Gelände oder vielmehr ein großes Stück davon, weil nach oben hin ebenso wie auf den drei andern Seiten in die Nebel hinein verschwindend. In fast regelmäßiger Weise war diese trübe Tallehne durchzogen von zahllosen feinen, grauen oder gelblichen Fäden: den vom Regen genährten Bächen; in ihrer ganzen Ausdehnung zeigte sie keinen abrupten Fels, keine Schlucht, keine sonstige Sensation für das Auge: ihre Eintönigkeit war vollständig; in ihrer olivgrünen, graugrünen Farbe, der unvorstellbar trüben Beleuchtung, die sie immer noch und noch mehr ins Einzelne, ins Versponnenere, ins Feinere sich auflösen ließ, hatte sie wahrhaft das Gepräge der Unendlichkeit angenommen: Und in dieser Eintönigkeit, Trübheit und Endlosigkeit erreichte sie dennoch zu dieser Stunde eine größere Wirkung, als es schien, daß je die der spitzigsten, kühnsten Zacken, der abgeklärtesten Gräte hätte sein können; war fesselnder mit ihrem Ausdruck der Zartheit und unaussprechlichen Dunkelheit, wehmütigster Verlassenheit und wahrhaft unendlicher Melancholie. Niemand achtete dieser Tallehne bei gutem Wetter, immer war sie nur ein Hang gewesen, eine Verbindung, von keinem Blick als etwas anderes betrachtet, denn jeder Blick eilte rasch hinauf zu den Kanten, den Zacken, dem Himmel; nun hatte sie auf einmal eine Stimme bekommen infolge einer großen Unbill der Witterung und die Gräte waren verstummt.

6

Früher Aufbruch

Es ist kein Kinderspiel, sich um zwei oder drei Uhr, zu der Stunde, in der man gewöhnlich am tiefsten schläft, in so einer winddurchsausten, finsteren Hütte, inmitten der so ganz und gar unwirtlichen Bergnacht zu erheben; der Bergnacht, die alles unheimlicher macht als je, in der das Gebirge zu grenzenlosen dunklen Massen geworden ist, in der Wirklichkeit selber jenen dämonischen Traumfiguren nicht unähnlich, wie sie im Halbschlaf solcher Nächte oftmals auch vielerfahrene und am Tag sehr sichere Alpinisten bedrängen. Die Dunkelheit der Hütte verstärkt den Eindruck der Kälte, und selbst wenn es gelungen ist, nach mühsamem Tasten und Fehlversuchen die Kerze in der Laterne anzuzünden, vermag dieses schwankende kleine Licht, das überall riesige, sich bewegende Schatten erstehen läßt, nicht das Gefühl einer größeren Wärme zu erzeugen. Man könnte sagen, so eine Laterne macht vor allem Schatten, nicht Licht; und die Schatten bewegen sich, weil man den Standort der Laterne häufig ändern muß, weil die Menschen sich bewegen, weil die Laterne, wenn sie aufgehängt ist, schwankt, und schließlich durch das

Flackern der Flamme. Nur an einer eng begrenzten Stelle läßt ihr Schein Deutliches erkennen, man muß alle kleinen Gegenstände mühsam zusammensuchen. Zu der Kälte gesellt sich, das Unbehagen zu erhöhen, ein gesteigertes Gefühl der Unreinheit; das Anhaften von Heuhalmen ist nie ganz zu vermeiden und diese Heuhalme sind staubig, kurz und zackig; überall an den Kleidern setzen welche mit Hartnäckigkeit sich fest, man muß sie einzeln mit der Hand ablesen; aber auch unter die Kleider sind sie eingedrungen, in die Ärmel, am Nacken; im Haar haften sie. Da spürt so ein Aufgestandener, in der Finsternis und der Kälte, sich versucht, überhaupt keine Bewegung mehr zu machen, die Hände in den Taschen, den Körper zusammengezogen. Gibt er sich aber einen unüberdachten Ruck, so stößt gewiß der Kopf an einen Balken oder tritt gar der Fuß in eine der nie fehlenden Lücken zwischen den Brettern des Fußbodens. Stößt er endlich die Türe auf, welche stets übermäßig laute, knarrende oder ächzende Geräusche macht, bisweilen aber auch, von einem Windstoß aus der Hand gerissen, heftig nach der andern Seite schlägt, so wird beim Anblick der Bergwelt – glasig-unheimlich, wenn der Mond scheint, und sonst dumpf-unheimlich – ohne Ausnahme die Empfindung von Kälte noch viel größer, auch dann, wenn die wirkliche Kälte in der Hütte nicht geringer war.

Da somit dieses Aufstehn in gewissem Maße schon zu den Schwierigkeiten der Besteigung zählt, tritt meistens der Führer da schon in seine Funktion ein: Er ist es, der zuerst aufsteht, die andern weckt und, soweit sich dazu die Möglichkeit findet, die Zubereitung eines warmen Frühstücks übernimmt. Ull hatte sich aufgerichtet bei den ersten schwachen Tönen des Weckers – einer Taschenuhr –, brauchte aber mit dem Wecken des Begleiters keine Mühe zu verlieren, denn der lag, als die Kerze brannte, schon wach mit weit geöffneten Augen, erhob sich dann sogleich und saß, nachdem er die Schuhe angezogen hatte, unbeweglich da. Er fand keine Beschäftigung, zeigte auch keinerlei Neugierde, nach dem Wetter zu schauen. Ull ging jetzt, die Laterne mitnehmend, mit einem kleinen Topf in den Stall hinab, um dort auf einem am Vortag mit Steinen erstellten Herd und mit ebenfalls bereitgelegtem Holz ein heißes Getränk zu bereiten. Als dieses fertig war, reichte er davon zuerst Johann. »Nimm! der Trank wird dir Riesenkräfte verleihen.« (Das Scherzen fiel ihm nicht ganz leicht.) Johann nahm das Getränk sichtlich gerne an, aber dann schien er nicht daran zu denken, etwas zu essen. Ull sah sich genötigt, heftig auf ihn einzureden: es sei unerläßlich, er müsse sich dazu zwingen usw.; denn sonst werde sehr wahrscheinlich während der ersten Stunden des Aufstiegs Übelkeit eintreten. –

Nach dem Essen hängte er noch einen Teil der Dinge, die dagelassen werden sollten, an einer Schnur so frei wie möglich auf und erklärte, es müsse geschehn, weil man vor Mäusen und Ratten nie sicher sei.

»Ratten«, sagte Johann; es war sein erstes Wort an diesem Morgen.

Ull war als erster hinausgetreten, um, bevor man aufbrach, im beginnenden Tag nochmals Ausschau zu halten; wieder auf der alten Moräne stehend, rief er laut: »Es rieselt noch ein klein wenig, aber die Luft ist herrlich, Gletscherluft, bald wird alles strahlen!« Und zugleich schlug er mit der stählernen Pickelspitze heftig auf einen Stein. – Dann sah er Johanns Kopf gespensterhaft durch eine Spalte der Brettertür schauen.

Bei dem unerwartet jähen, hellen Ton der Menschenstimme von draußen her, woher man sonst nur ganz andere, dumpfe Laute gehört hatte, war er zusammengefahren. Nun trat er in diese Welt hinaus, wo das Nacht- und das Morgengewoge gegeneinander kämpften; der Wind, der ihn empfing, war eisig. Und nach wenigen Schritten war die Hütte, zu der er seine Augen zurückwandte, schon ein Körper für sich, der schon begann, auch nur noch stahlfarben, ein kalter Koloß wie einer jener Felsblöcke zu werden. Die letzte Traulichkeit – denn eine gewisse Traulichkeit, das zeigte sich erst jetzt, hatte in der Hütte

doch bestanden – war geschwunden, man war ausgesetzt.
Der Wind war eisig, und das Wetter, nein, man konnte es nicht gut nennen! Dicke Wolken, die mehr und mehr grau und blauschwarz wurden, hingen bis tief herab; die kalten Hänge ringsum, deren Einzelheiten zusehends schärfer hervorzutreten begannen, massiv und ehern in der Nähe, nach beiden Seiten hin ins Unglaubliche der Schluchten und der Ferne sich verlierend, entschwanden hinauf in finstere, rauchige, hartgraue Nebel; nirgends war der Blick frei in große Höhe: und doch wartete alles da droben, Felsen und Gletscher und Abstürze, finstere Kamine, schreckliche Stürme, unsägliche Anstrengungen ...
Man sah nur senkrecht über sich Stücke Himmels, fahl und gering, mit einem dünn gewordenen Stern; und die finstern Massen des Gebirges, entschwindend in das brauende ungeheure Gewölk, stiegen zu ebensolcher Höhe an; und kein Grat war frei da droben, vor einem hellen Stück Himmel, mit ein paar Zacken, die riefen. Des Gebirges riesige Felsenleiber lagerten da, die sich mit der Unendlichkeit zusammengetan hatten, die ganze Welt war ein qualmender Kessel, Grauen erweckend und außermenschlich, und Ulls Stimme war das einzige, was rief.

7
Aufstieg zur Schutzhütte

Die Alpterrasse war sogleich gequert und nun begann man also die große, vielgestaltig zusammengesetzte Bergflanke anzugreifen. Ull folgte zuerst einem undeutlichen Pfad, welcher dann rasch unter Schnee verschwand; dauernd stieg man nun über Schnee. (In flachen Kehlen und auf Bändern zwischen verschieden großen Felswänden.) Rasch sank die Terrasse in die Tiefe; sie wurde noch ebener, als sie war – vollkommen eben. Und jetzt spiegelte sich das Licht des beginnenden Tages auf diesem Plateau in eigenartiger Weise: Zahlreiche winzige Wasserläufe (welche man dort unten nicht beachtet hatte), gefrorene flache Tümpel und schließlich auch die Schneefelder traten wie in mannigfaltigen Rundlinien geschnittene Metallplatten aus dunklem Grunde hervor; die einen dieser Platin- oder Zinnplatten mit überall im Bogen verlaufenden Rändern von unvorstellbarer Feinheit und Schärfe waren vollkommen matt, die andern außerordentlich hell, ein intensives Licht sendend ohne jede Tönung, ohne alles Vibrieren, ohne die Spur eines warmen Glanzes: ihr heller, heftiger Glanz entlud all sein Licht auf einmal und somit war er, wenn auch Glanz und hellster Glanz, doch von unerbittlicher Härte. Diese Ungebrochenheit, tönungslose Geschlossenheit hatten die erschrekkenden Spiegel (in denen nichts sich spiegelte) mit den andern Metallbeschlägen gemeinsam, den matten. Nun denke man sich die Unzahl der beiden Arten – besonders die mäandrischen Formen der vielverzweigten kleinen Wasserläufe – und daß sie alle in einem wundervoll abgestimmten dunklen Grund verbunden und gehalten waren –, und man wird einen schwachen Begriff bekommen, was für ein Geschmeide von einem Reichtum ohnegleichen dieses in die Tiefe gesunkene Plateau in dem kalt beginnenden Taglicht darstellte.

Das Wetter aber – nein, es war nicht gut; noch immer nicht und trotz Ulls Vorhersage; man erblickte zwar das Plateau unter sich, aber sonst nicht viel: ringsum lagerte das Gewölk in schweren Massen; auch jetzt noch trieb der Wind bisweilen eine Schar feiner Schneeflocken heran.

Nach einem Anstieg von etwa einer Stunde änderte Ull seine Richtung; er querte ein weniger geneigtes Schneefeld in waagrechter Linie, dem Fuß einer hoch aufstrebenden dunklen Felswand entgegen (deren Dreiecksform aus solcher Nähe nicht mehr existierte) und bewegte sich auf dem fast ebenen Schnee nur noch zögernd, stieß endlich den Schaft des Pickels tief hinein:

»Hörst du?«
Johann blickte auf: »Nein.«
Er stieß wieder, und mehrere Male, den Pickel in den Grund und endlich nahm Johann den dumpfen Ton wahr.
Ull lachte kurz auf. »Wir stehen auf dem Dach.«
»... Aber, hinein kann man nicht?« Er sprach zögernd, der Unsinnigkeit der Frage halb bewußt.
»Bleib hier stehen. Das Dach ist waagrecht oder nur schwach geneigt und geht auf der Bergseite in den Hang über, wenn ich mich recht erinnere. Der Eingang ist gegen das Tal gerichtet und da, wo das Dach vorspringt, muß man immerhin achtgeben.«
Er bewegte sich in dieser Richtung, mit dem Pickel fortwährend sondierend, wie man auf verschneiten spaltenreichen Gletschern zu tun pflegt. Und siehe, da fand sich plötzlich ein Loch im Schnee, nur aus nächster Nähe zu erblicken; doch ließ sich der aus weichem Schnee bestehende vorgewölbte Rand leicht erweitern und nun wurde der Blick frei in eine schief abwärts führende Höhle, die sich unten verbreiterte und dort, im halben Dämmerlicht unter dem weit vorspringenden Dach, erkannte man den Teil einer Türe.
Ull stieg als erster in das Loch ein, nachdem er den Sack abgelegt hatte; es gelang ihm, einen Riegel zu ziehen und mit Stößen der Füße die Türe zum Wei-

chen zu bringen, und dann glitt er vollends in die Hütte hinunter. Johann folgte nach. – Eine muffige, grabartige Dämmerung.

Eine Kerze war rasch gefunden und angezündet. Ein einziges ziemlich großes Lager, genügend für mehrere Personen, nahm den meisten Platz ein. Dann war da noch ein Tisch und vor allem ein altes Ding, Ofen und Herd zugleich. Was freilich fehlte: Wasser und Brennholz. Und ob der Kamin sich frei machen ließ, blieb vorerst im Ungewissen.

Die Rast durfte nicht lange dauern.

8

Aufstieg zum Gletscher

Im folgenden Teil des Aufstiegs erwies sich das Vorrücken bald als mühsam, weil der Schnee tiefer wurde und vor allem – verwunderlicherweise in Anbetracht der Höhe und der Tageszeit – weicher; man sank oft schuhtief ein. So verging eine Stunde und fast nochmals eine Stunde, bis endlich die Hänge sich rundeten und wichen; der große Gebirgsaufschwung war überwunden und ein neues Plateau erreicht, parallel der Alpterrasse, aber etwa siebenhundert Meter höher gelegen. Bei der nicht gewöhnlichen Anstrengung, die der Aufstieg gekostet hatte, war auf das Wetter kaum mehr geachtet worden; nun aber, kaum war der Rand dieser Terrasse erreicht, erzwang es selber Beachtung auf das nachhaltigste: der fast pausenlos über die weiße Fläche pfeifende Wind war so unbarmherzig und heftig, daß man vorerst nur an ihn denken konnte.

Man hätte haltmachen sollen, aber wo? Am Rande der Ebene ragten noch einige geringe Felsen aus dem Schnee; doch fand sich keiner unter ihnen, soweit man sehen konnte, der auf der dem Wind abgekehrten Seite steil und hoch genug war, um einigen Schutz zu bieten. Daher zog Ull, die Rast aufschiebend, weiter.

Aber nicht ohne vorher einen Blick geworfen zu haben (wie es zwischen zwei Windstößen möglich wurde) nach dem Gipfelbau des Gebirges, der hier zum erstenmal teilweise wieder sichtbar wurde, seit sie vor dem kleinen Café im grünen Tal gesessen hatten, und der sie noch immer um volle tausend Meter überragte. Aber wie anders nahm er sich hier aus! Von einer feinen Silberarbeit konnte nicht mehr die Rede sein; die Felsen erwiesen sich jetzt als ein stürmisches Gewirr von zackigen Pfeilern, Rippen, Türmen, finsteren Rinnen, abschüssigen Couloirs; alles, die völlig senkrechten Felsen ausgenommen, von Neuschnee überpulvert (vom Vortag und der vorletzten Nacht her). An Gletschern war von hier aus nur einer sichtbar und zwar in seinem oberen Teil – und in seinem untersten, wo er nämlich über einer haushohen senkrechten Felswand endete in einem Getümmel jener bizarren Figuren, die man in der alpinistischen Fachsprache Séracs nennt. (Sie warteten da, um, wenn ihre Stunde gekommen war, eine nach der andern abzustürzen und zu zerbersten.)

Die Séracs: Ein Gletscher ist ein Eisstrom, der sich langsam bewegt. Da jedoch sein Bett niemals regelmäßig verläuft, bilden sich an den Stellen, wo stärkeres Gefälle einsetzt (und wo das Wasser eines gewöhnlichen Stromes schäumen würde), Risse – die gewöhnlichen Spalten, welche sich rechtwinklig zur allgemeinen Richtung des Gletschers hinziehen. Das Gelände kann sich aber auch seitlich senken und das heißt, daß Spalten aufklaffen, die rechtwinklig zu den erstgenannten verlaufen, so daß also eine Anzahl von Rechtecken und Quadraten entsteht (und dies ist ein Schema, die Wirklichkeit ist natürlich vielgestaltiger). Man kann von einem Gletscherspaltengewirr reden – noch keineswegs von Séracs; von einem Gletscherspaltengewirr, welches vielleicht ein Vorstadium ist, aus dem sich Séracs entwickeln können, wenn dazu mehrere Umstände auf eine schwer durchschaubare Weise zusammenwirken.

Irgendwelche unbedeutenden Spalten finden sich wohl in jedem Gletscher; die meisten Gletscher haben Teile mit zahlreichen und gefährlichen Spalten; wirkliche Séracs aber sind verhältnismäßig selten – und zwar eben darum, weil zu deren Zustandekommen sehr besondere Voraussetzungen nötig sind. Aus einer Anzahl von Quadraten und Rechtecken haben sich zuerst Würfel und Quadern gebildet; wieso? Es ist, wie wenn der Gletscher zerhackt worden wäre, pflegt man zu sagen. (Wer hat ihn zerhackt?) Die Quadern herrschen vor; in einem späteren Stadium kann man schon eher von Türmchen und Türmen reden, jedoch keineswegs gleichmäßigen, weder gleich hohen, noch der Senkrechten verhafteten Türmen; sondern solchen von allen erdenklichen Formen. Sie können zwei oder drei Meter, aber ausnahmsweise auch zehn Meter hoch sein; sie können bauchige, aber auch konkave Seiten haben; oben spitz enden, aber auch in einem breiten Kopf; so überhängend dastehen, daß man erwartet, sie werden einstürzen (und sie stürzen nach kürzerer oder längerer Zeit auch ein). Was hat den Gletscher so zurichten können? Das unterirdische Gelände, der Felsengrund, den man nicht sehen kann, muß zweifellos für vieles dabei sein; gleichfalls die Sonnenbestrahlung, die, meist von einer Seite, die Blöcke abschmelzt, worauf denn das Wasser hinunterrinnt, um wieder zu gefrieren; das Eigengewicht der Blöcke, senkrecht zur Erde; die Zugkraft des Gletschers in seiner Längsrichtung: Um eine mathematische Formel des Zusammenwirkens all dieser – und wohl noch weiterer – Umstände zu finden, müßte man sich schon dem Leibhaftigen zuwenden; und auch der könnte die Formel wohl nicht liefern. Man kann es wohl nicht erklären, die Séracs sind einfach da: sie sind! – Es kommt auch ausnahmsweise vor, daß eine größere Anzahl fast gleicher und gleichgerichteter und nicht großer Figuren sich finden, momentweise aussehend wie eine Viehherde; aber meistens sind sie in jeder Hinsicht so verschieden wie nur möglich. – Wie und wo ist die Oberfläche des Gletschers? Schwer zu sagen. Sie ist da und ist nicht da. Von einer Fläche kann jedenfalls nicht die Rede sein. Hier, zu Füßen eines riesigen Turms, ist ein festes Gesimse – aber nur zwei Schritte weit, dann endet es in einem Loch von vielleicht zehn Meter Tiefe. Dort sieht man deutlich, wie eine der Figuren auf einem Pfeiler ruht, der hinabschießt ins Unergründliche; während eine andere Figur dem Anschein nach unten in einen sichern Schneehang übergeht, der jedoch, von einer andern Seite gesehen, sich erweist als eine nur dünne Schicht Schnee über einem äußerst gebrechlichen Gewölbe aus Eis, unter sich nichts als Leere bis in große Tiefe hinunter, wo sich vermutlich etwas Ähnliches wiederholt. Auch Bäche hört man manchmal in der Tiefe rauschen. – Der Gletscher ist nämlich nicht nur von oben »zerhackt«; auch von der Seite her ist er aufgeteilt in alle möglichen Gewölbe, Kammern, Etagen; ähnlich dem Grundgemäuer, Stockwerke tief, einer zerstörten Fabrik; und wenn es gelänge, durch ein Wunder Einblick in die Finsternisse dieses Unterbaues zu erlangen, so müßte, was man da sähe, sich ausnehmen wie gewisse Darstellungen eines Piranesi.

Aber oben, da sind diese verkrüppelten und hochgereckten Figuren von äußerster Verschiedenartigkeit, da schief gestellt, dort flammenartig ragend, einige so geneigt, daß man sich fragt, wie sie sich noch halten können, andere klotzig und wuchtig, einige in gewissem Abstand stehend, andere, die meisten, nah beisammen, – schauerlich und grotesk zugleich; ein Getümmel von Figuren oder Gestalten, wie Matterhörner oder Vampirzähne, aufgestellte Löwen oder Bären, Karikaturen eines Bäckers oder Müllerburschen mit dem Sack auf dem Rücken, eines Ratsherren mit schwarzem Hut, eines Trauerweibs, mit Tüchern verhängt von oben bis unten, von Krokodilen und Drachen.

– Ull wies hinauf nach dem Felsen, über dem die Séracs erschienen waren.

»Schrecklich!« gab Johann von sich.

Der beste Schauspieler der Welt hätte das Wort nicht mit mehr Ausdruckskraft aussprechen können.

9

Im Schneesturm

Sie durchquerten das Plateau selbstverständlich nicht auf die Felswand zu, sondern um weit seitlich von ihr über mäßig geneigte Hänge in einer großen Schleife zum Gletscher oberhalb der Séracs Zugang zu gewinnen. Der Wind wurde stärker. Ull war Johann behilflich, den Hut auf dieselbe Weise zu befestigen, wie er es bei sich selbst im Gehen schon getan hatte; nämlich, den Rand auf beiden Seiten vollständig heruntergebogen, mit einem großen Taschentuch, das unter dem Kinn durchgeführt und dessen Zipfel über dem Scheitel zusammengeknüpft wurden. Und nochmals machte Ull halt, er entrollte das Seil. Johann schaute dieser Vorkehrung zu mit Zeichen der Beunruhigung.

»Ist hier der Gletscher?«

»Vermutlich noch nicht. Er wird unmerklich unter uns beginnen. – Der Sicherheit wegen; und weiter oben würde das Anseilen vielleicht unbequemer sein.«

Er band Johann an dem einen Ende, sich in der Mitte des Seiles fest, dessen andere Hälfte er wieder zu Johann führte, so daß sie also durch doppelten Seilstrang verbunden waren – wie es notwendig ist, wenn man zu zweit einen Gletscher begeht. Er gab Johann nochmals einige Anweisungen.

Eine halbe Stunde verging, während der sie mühsam heranklommen, erst nach rechts haltend, dann, etwas steiler, gerade aufwärts, dann, den Bogen zu beschließen, wieder nach links auf weniger steilem Gelände, das allmählich fast eben wurde. (Es war die Stufe des Gletschers oberhalb der Séracs.) Die Aufgabe Ulls war dabei schwerer, nicht so sehr, weil er auf allfällige Spalten achten mußte (die hier nicht beträchtlich sein konnten), als weil es immer schwieriger wurde, bei dem zunehmenden Schneesturm sich zu orientieren. Für kurze Zeit wurde bisweilen ein Fenster frei, der Fuß der allgemeinen Felswand erschien, ein umwirbelter Turm, ein Couloir, eine Erhebung des Gletschers, und Ull mußte seinen Weg danach bestimmen.

Denn es war ein wirklicher Schneesturm geworden; er wütete mit solcher Macht, daß dagegen der Wind, der über das Plateau gepfiffen hatte, als harmlos erscheinen mußte. Mengen des Pulverschnees hob er in die Luft und jagte sie in Wolken daher, Wolken aber, die wenig mit den üblichen gemein hatten: nichts Mildes und Hüllendes war ihnen gegeben, sondern, gebildet aus feinen, harten Körnern traf er den Körper mit solcher Gewalt, daß es trotz der dichten

Vermummung bisweilen war, als sei er nackt den peitschenden Eisnadeln preisgegeben.
Er behinderte die Atmung. Man mußte sich ihm entgegenstemmen. Man drang in gebückter Haltung vorwärts, den Pickel als Stütze benutzend. Die Sicht war dermaßen eingeschränkt, daß meistens einer vom andern nichts mehr sah (auf die Entfernung von etwa dreizehn Metern; das ganze Seil war dreißig Meter lang). Dann erkannte man wieder eine Art Gestalt, aber ohne nähere Attribute, also eher nur ein Schemen. Sich durch Zurufe verständlich machen stand außer jeder Frage.
So drang der kleine Zug vor durch den Schneesturm, langsam zwar, aber noch ungeschlagen, wenn auch mit geringer Hoffnung, – durch die Wildnis dieser weißen Nacht, die sie umgab mit Tosen, Dröhnen und Klirren.

10

Umkehr

Nun aber geschah etwas anderes; das Seil straffte sich und machte für Ull ein weiteres Vorrücken unmöglich. Freilich, der Sturm zerrte am Seil (trotzdem es nur einen Zentimeter dick war), so daß es die beiden zumeist in einem leichten Bogen verband und für den ersten eine nachzuschleppende Last darstellte; aber jetzt war dieser Widerstand unvergleichlich viel größer geworden; auch ein paar starke Rucke brachten keinerlei Änderung. War Johann eingebrochen? Dann wäre ein starker Zug rückwärts erfolgt und übrigens fanden sich hier, wenn überhaupt, nur sehr geringe, das heißt sehr schmale und wenig tiefe Spalten. Hatte er vielleicht einen Fuß verrenkt oder lag er am Ende gar bewußtlos am Boden? Jedenfalls – was blieb ihm anderes übrig als zurückzugehn, um zu schauen, was mit Johann los war?
Also ging er rückwärts, das Seil Schlinge um Schlinge sammelnd, und bald gewahrte er eine Figur, die offenbar gestikulierte, das heißt, die Arme hob (und wahrscheinlich ihm etwas zuschrie). Dann standen sie dicht voreinander, zwei absonderliche, vermummte, über und über mit Eisschuppen behaftete, zugleich eckige und zerzauste Gestalten.

»Hals« war das erste Wort, das Ull verstand.
»Was, Hals?«
»Da – – einen Schmerz – – am Hals. – Und dann auch noch im Rücken. – Und dann auch in der Brust – – die Atmung.«
Ull forschte in Johanns Gesicht, soweit dies zwischen den heruntergeschlagenen Huträndern möglich war. Er sah wirklich elend aus.
»Ich kann einfach nicht mehr. – Kann nicht weitergehn.«
Ull stand nun eine Weile vor Johann ohne zu reden, sehr ähnlich einem Arzt, der, nachdem die Untersuchung beendet und die Fragen gestellt sind, nur noch wie halb abwesend auf den Patienten blickend, darnach trachtet, aus dem Erfahrenen ein genaues Bild zu gewinnen. Er konnte Johanns Symptome von Krankheit oder Gebrechen nicht ernst nehmen. Aber andere Erwägungen drängten sich vor: Die Aussichten auf ein Gelingen der Besteigung waren äußerst gering geworden – auch abgesehen von des Begleiters Zustand; denn schon war acht Uhr vorüber und der Sturm schien nicht abnehmen zu wollen, im Gegenteil. Hier konnte man zwar noch vorrücken, wenn aber in kurzem der Aufschwung des Gletschers begann, mit riesigen Spalten, mit allen möglichen Schwierigkeiten, mit exponiertesten Stellen –, dann kam bei solchem Wetter ein weiteres Vor-

dringen nicht mehr in Frage. Johann war nicht krank, aber er war ermattet, er war mutlos; lohnte es sich, ihn zu ermuntern, aufzurütteln, den Versuch zu machen, ihn mit Einsatz seiner ganzen persönlichen Macht zum Durchhalten zu überreden (abgesehen davon, daß ja Reden im Schneesturm sehr schwer fiel) – um dann, mit neun Zehntel Wahrscheinlichkeit, in einer halben Stunde die Besteigung doch aufgeben zu müssen? Und auch im Hinblick auf die folgenden Tage: war es klug, Johann jetzt schon Gewalt anzutun, oder doch, ihn zu überfordern?

Er gab das Zeichen zur Umkehr.

Etwas weiter unten, als sie das Seil ablegten, fühlte Ull sich genötigt zu sagen: »Es ist nicht etwa deiner Beschwerden wegen – die gehen gleich vorbei – sondern weil zur Durchführung der Besteigung heute doch kaum mehr eine Möglichkeit bestand.«

Nach der Durchquerung des Plateaus vollzog sich der Abstieg über den Hang, der sie im Aufstieg so viel Mühe gekostet hatte, mit außerordentlicher Schnelligkeit; man fuhr durch den weichen Schnee hinunter teilweise rutschend und teilweise in großen Sprüngen; auffallen muß, daß Johann sich dabei munter und geschickt zeigte. Kleine Lawinen lösten sich da und dort, belanglos. Von Moment zu Moment wurde es wärmer. Die Sonne schien! – Gegen zehn Uhr war die begrabene Hütte wieder erreicht.

Die Prüfung des Ofens, oder vielmehr die Freilegung des Kamins, erwies sich als einfach; eine Zeitung brannte ohne Hervordringen von Rauch. »Nun müssen wir zur Alp hinuntergehn.«

»Ist das nötig?«

»Natürlich ist das nötig! Einmal, um das Zurückgelassene heraufzuholen, dann Wasser, vor allem aber Brennholz! Was machen wir sonst morgen früh, wo nehmen wir Wasser her?«

Die von altem Schnee freien Wiesen der Alpterrasse hatten sich des Neuschnees schon wieder entledigt und erquickten das Auge durch das eine Zeitlang nicht mehr geschaute Grün; es bleibt jedesmal ein eigenartiges und einprägsames Geschehen, wenn man, noch früh am Tag, mit großer Raschheit aus der Zone des Hochgebirges in die Alpregion abgestiegen ist. Die eigentümliche Wirkung mag zustande kommen durch den besonderen Zustand des Geistes, verstärkt durch den nach den großen Anstrengungen ungewöhnlichen Zustand des Körpers; durch die Erinnerung an das nächtliche Aufstehn, den frühen Aufbruch, das droben Erlebte, was alles jetzt fast wie ein Traum erscheint. Man meint, daß die Zeit, während der die Augen kein Grün mehr sahen, viel länger gewesen sei, als ob man tagelang nichts als Schnee, Eis, Felsen um sich gesehen habe. – Es war Mittag, die Sonne verbreitete Hitze, der zornige Eiswind der

Höhe war hier zum kühlen Hauch geworden, den man überhaupt nur im Schatten wahrnahm. Die milde Luft, die summende Stille, die wohltuende Wärme hatten etwas wahrhaft Wunderbares, und alle aus den Wolken getretenen Berggräte standen rings umher in unerhörter Heiterkeit.

11

Im unterirdischen Gemach

Zu frühester Stunde schälte sich Ull aus den zerlumpten Decken, zündete eine Kerze an; öffnete die knarrende Türe und stieg durchs Loch hinauf, um Ausschau zu halten: die Nacht war völlig windstill und sternenklar.

Er kehrte ins Gemach zurück, um Feuer zu machen, vor allem aber, nach Johann zu sehn. Der saß, wie eine veränderte Disposition der Kerze anzeigte, schon aufrecht da inmitten muffiger Decken, unbeweglich.

»Wie geht's dir?« fragte Ull und bereute es augenblicklich.

»Schlecht, sehr schlecht«, kam sogleich die Antwort. »Ich habe die Nacht keinen Moment geschlafen. Ich spüre es noch jetzt am Kopf, im Hals, am Rücken. Ich kann halt einfach diesen fürchterlichen Eiswind nicht ertragen.«

»Der Schneesturm existiert nicht mehr. Es herrscht völlige Windstille.«

»Ja, aber er kann wiederkommen. Er schneidet einem die Luft ab. Und dann diese fürchterlichen Séracs!«

»Die umgeht man doch. Und sind wir nicht umgekehrt, als der Schneesturm zu arg war? – Und haben wir nicht früher in der Schweiz auch Besteigungen ausgeführt?«

»Ja, aber das Gebirge war nicht von solcher Höhe. Und damals war ich jünger.«

»Und jetzt in deinem hohen Alter –.« (Er war dreiundzwanzig.) »Du redest irres Zeug. – Du siehst, sogar das Feuer hat es gemerkt, es ist ausgegangen.«

Er machte sich daran, es wieder zu entfachen. Johann aber blieb immer in der gleichen Weise sitzen, unbeweglich. Unbewegt. Durch nichts mehr zu bewegen.

Das Feuer – was hatte es bemerkt? Es war wohl nur ein Anzeichen gewesen, ein Echo von dem, was er jetzt spürte: daß es mit seiner Macht über Johann zu Ende war.

Das Feuer brannte nun stark. Aber diesmal entsprach es einem anderen Feuer: dem einer maßlosen Wut, die ihn zu erfüllen begann.

»Also du willst aufgeben, willst alles fallenlassen?«

Aus Grabesstille nach einer Weile:

»Ja.«

Pause.

»Und all deine verfluchten, verteufelten eingebildeten Krankheiten, du denkst wohl – –«

»Du magst mich verachten, aber ich kann nicht mehr.«

Jetzt begann Ull mit hastigen Bewegungen seine Sachen und sich selbst für den Aufbruch bereit zu machen. Er mußte es also mit dem Gletscher allein aufnehmen – ein fast verrücktes Unternehmen; es hätte dazu fast unbedingt eines Begleiters bedurft, auch wenn es kein guter Begleiter war. (Denn von unten zu sichern, dazu brauchte es keine besondere Begabung. Das Gewicht einer Person schon konnte unter Umständen genügen, besonders wenn diese Person schwer war wie Johann.) Nun mußte er sich allein behelfen – die lange Mühe der Überredung war zu nichts geworden. Er wandte sich nochmals an Johann, aber nur mit maßlosen Beschimpfungen, welche dieser stumm erduldete, wie ein Hund, der geschlagen worden ist, der sich seiner Schuld bewußt ist und der demütig wartet – auf wieder eine Art Frühling.

Nun sah er Ull hinausgehen, erst den Rucksack durchs Schneeloch hochschieben, dann den Pickel, dann mit der Laterne selber nachfolgend, und es wurde dunkel im unterirdischen Gemach.

Draußen aber war es auch dunkel. Der Mond schien an dieser Stelle nicht, gigantische Schultern des Gebirges verbargen ihn; ohne Laterne wäre Ull nicht weit vorgedrungen; kaum hatte er wenige Schritte von der Hütte weg getan, als der hartgefrorene Schneehang von dem da in der Nacht Hinanklimmenden schon Anspannung, Kenntnisse verlangte. Da erreichte ihn eine Stimme; sie war wärmer, lebendiger als er sie von Johann (welcher durch das Schneeloch, wenigstens teilweise, herausgestiegen sein mußte) seit langem gehört hatte; ein Gruß und freundliche Wünsche.

Aber Ull, in seiner Wut, antwortete nicht mehr.

12

Der Kampf mit dem Gletscher

Beim anbrechenden Tag befand sich Ull ungefähr an der Stelle, wo sie am Vortag umgekehrt waren, also auf dem Gletscher vor dessen erstem mächtigen Aufschwung. Von diesem eine Vorstellung zu übermitteln, ist schwer. Es sind nicht mehr Séracs, sondern Formen viel riesigeren Ausmaßes. Blöcke von der Größe eines Hauses; daneben etwas wie der Eingang eines kleinen Tales, jedoch rasch auf allen Seiten in Steilhänge übergehend; es gab auch Nischen, Terrassen, aber wie erreichbar und wo endend? Von hier aus nicht feststellbar. Wölbungen des Schnees, vermutlich Querspalten verbergend – von welcher Breite und Tiefe? Die Steilhänge nach allen Seiten gerichtet. Endlich entragte dem Getümmel da und dort eine Eiswand, senkrecht oder überhängend, grünlich oder bläulich gleißend und mit ihrer Kappe aus Schnee bisweilen vor den Himmeln endend. Es ist, als ob die Unendlichkeit da einen Schaufelstich versetzt und alles durcheinander geworfen hätte und es dann liegengelassen.

Zur Bewältigung dieser etwa zweihundert Meter hohen Stufe des Gletschers (welcher weiter oben nochmals eine ähnliche folgte, nach einer fast ebenen

Strecke, was alles man natürlich von hier aus nicht sah) hätte selbst eine geübte Seilschaft viel Zeit gebraucht. Aber ein Mann allein?

Ull hatte die Besteigung begonnen in einer maßlosen Wut. Und diese Wut begleitete ihn noch immer; sie leitete ihn – mehr als die alpinistische Klugheit.

Auf keiner seiner bisherigen Bergfahrten hätte er etwas Ähnliches getan.

Die Methode, die ein Alleingänger auf einem derartigen Gletscher anwenden muß, ist eine sehr verschiedene von der einer Seilschaft. Da für ihn keine Versicherung besteht, da er bei einem allfälligen Einbrechen verloren ist, muß er jede Stelle, auf die er seinen Fuß setzen wird, besonders gründlich mit dem Pickel untersuchen; ja mehr noch und vor allem: kommen viele Stellen von vornherein gar nicht in Frage, begangen zu werden. Es in einem Satz zu sagen: der Kampf mit dem Gletscher besteht für den Alleingänger viel weniger darin, es mit einzelnen Schwierigkeiten aufzunehmen, als darin, die Schwierigkeiten zu umgehen.

Das aber erfordert eine Ausdauer von gewaltigem Ausmaß, ja es ist, auf einem Gletscher wie diesem, ein fast hoffnungsloser Kampf. Überall lauern Abgründe. Er muß sie vermeiden durch horizontale oder auch wieder abwärts führende Umwege – durch, wie es scheint, endlose Wege.

Zum Beispiel ist er eine Weile dem untern Rand einer breiten Querspalte gefolgt und da findet sich schließlich eine Brücke, aus einer schmalen Eisklinge gebildet, die der gähnenden Tiefe entsteigt; oben mit Schnee überdeckt, etwa einen Fuß breit und eben; und hinüberführend zu einem mäßig steilen Hang, der offenbar erlaubt hätte, ohne Schwierigkeiten mindestens zwanzig Meter höher zu kommen. Er prüft diese Brücke von verschiedenen Standorten aus. Wäre er angeseilt gewesen, hätte er ohne Zögern den Weg über sie eingeschlagen; denn die Möglichkeit des Zusammenbrechens war gering. Allein konnte er sich dieses Wagnis nicht erlauben. (Die alpinistische Klugheit hatte ihn doch noch nicht ganz verlassen, dem Einzelnen gegenüber war sie noch da.) Also folgte er weiter der Spalte, meistens auf einer Art waagrechtem Rücken, fast bis an den Rand des Gletschers, wo sie allmählich sich verflüchtigte und der Gletscher auf eine schwer definierbare Weise in Felsen überging, die an Glattheit und Abschüssigkeit jeden Gedanken an Begehbarkeit ausschlossen. Es gelang ihm jedoch, in Schnee und Eis eine etwa zwanzig Meter höhere Stelle zu gewinnen; dann war nichts mehr möglich als abermals, nun in umgekehrter Richtung und oberhalb, der großen Spalte entlang zu gehen, in der Hoffnung, durch das Gewirre der Steilwände und Eisfiguren einen neuen Durchgang nach oben zu finden. Dabei kam er wieder an der Brücke vorbei, welche man zwar nicht sehen konnte, weil ein steilerer Hang sie verbarg, jedoch sah er deutlich die Fußstapfen (mehrfach, weil er gezögert hatte), etwa dreißig Meter unter ihm. Seit er dort gewesen war, war wohl eine Stunde vergangen: wäre die Überschreitung mit einem Begleiter geglückt, so hätten sie dieselbe Stelle in etwa fünf Minuten erreicht. – Ull drang mit eigentlicher Verbissenheit weiter. Er dachte nicht daran, daß er seinen Plan hätte ändern sollen. Freilich wäre es nicht leichtgefallen, eine andere Wahl zu treffen. Und von einer gewissen Höhe an war dem Gletscher nicht mehr zu entrinnen. Jedoch hätte er, jedenfalls im ersten Teil des Gletschers, noch immer umkehren können, im noch nicht weich gewordenen Schnee seinen eigenen Spuren folgend. Aber von der Idee, vielleicht diesen Johann noch in der Hütte zu treffen, wandte er sich mit Grauen ab. Er wollte nichts mehr damit zu tun haben!

Die eine Wut, die über Johann, war in eine andere Wut übergegangen, die über den Gletscher. Er mußte den Grat erreichen – und das Weitere würde man sehen. Er dachte nicht daran, er wollte nicht daran denken – aber dunkel begleitete es ihn doch. Wie auch das unheimlichste der dunklen Gefühle: zu spüren, wie die Stunden verrannen . . .

13

Auf dem Grat

Der Grat war erreicht, der Gletscher überwunden! – Und es war Mittag.

Die Ermattung übertraf zuerst alles. Er setzte sich, legte sich dann hin, wozu sich reichlich Gelegenheit bot auf meterbreiten waagrechten Stellen aus trockenem Gestein zwischen den nur noch schwach geneigten letzten Schneehängen und den Abstürzen der Südwand.

Eine große Wärme, ja Hitze verbreitete sich in der Felsenmulde. Er hatte die Schneebrille abgenommen, trank einen Schluck, stopfte etwas Schnee in die Feldflasche nach und legte sie neben sich. Und nun, allmählich zur Ruhe kommend und zugleich zu wacherem Bewußtsein, mußte er es sich in vollem Ausmaß gestehen: daß er in eine Falle graten war.

Denn den Gletscher abwärts zu begehen, einen Gletscher von dieser Beschaffenheit bei nun völlig weichem Schnee und allein, konnte heute nicht mehr in Frage kommen, es hätte den fast sicheren Tod bedeutet. Wenn er, wie im ursprünglichen Plan vorgesehen, den Gipfel rechts bestiegen hätte (über ziemlich schwierige Felsen von zwei- oder dreihundert Metern Höhe) und wieder dahin zurückgekehrt wäre (die andern Routen dieses Gipfels waren ungleich schwieriger und länger), so blieb die Frage unverändert bestehen: wie vom Grat wieder herunterkommen? Nach links verlief er ein Stück weit, vielleicht hundert Meter, einige Lücken bildend, im Ganzen horizontal und gut begehbar; dann aber erhob er sich in senkrechten, dem Anschein nach unbesteigbaren Türmen und endete weiß Gott wo. (Ull fehlten darüber die Informationen, da damals kein Führer durch diesen Teil der Alpen existierte, jedenfalls keiner von Ull gefunden worden war, der die Informationen mühsam aus irgendwelchen Publikationen zusammensuchen mußte.) – Was blieb, war nur die Südwand.

Sie sah grauenhaft aus.

Denn man konnte sie von hier aus zum großen Teil übersehen, da sie im ganzen konkav verlief; deutlich sichtbar war jedenfalls das oberste und, außer einem darauf folgenden Überhang, steilste Stück (von etwa zweihundert Metern Höhe). Wo sie unter dem Überhang wieder sichtbar wurde, war sie bedeutend weniger steil und nahm weiter an Steilheit ab, um schließlich, in mehr als anderthalb tausend Metern Tiefe, in den obersten Teil eines Hochtals überzugehen, von welchem man nur ein winziges Stück erblickte.

Diese Konkavität der Südwand stand in vollem Gegensatz zur Beschaffenheit der Nordseite, des Gletschers, welcher konvex war und das heißt: Vom Grat aus erblickte man den Schneehang, der allmählich steiler wurde, und kaum mehr da oder dort eine Andeutung vom Ende der letzten Steilstufe, sondern – nichts mehr; nichts mehr bis, in sehr weiter Ferne und Tiefe, grüne Wälder und Wiesen erschienen, blühende Täler mit kleinen Dörfern, darunter auch unklar der Ort am Scheidungspunkt zweier Täler, wo sie vor drei Tagen auf den Autobus gewartet hatten.

Aber gewaltiger war ein anderer Unterschied. Wenn man nach Süden blickte: keines Menschen Spuren! Felsen, Schnee und Eis. Schwarze Gräte, wie Kulissen hintereinander, sich gegen den Himmel türmende Gipfel links und rechts und überall, tiefer unten graue Schutthänge, keine andere Farbe mit Ausnahme jenes kleinen Fleckens am Ende des Hochtales, leicht grünlich oder gelblich, den man einen Moment lang für eine Schafherde halten konnte, dann aber nicht mehr, da er sich nicht veränderte. Keines Menschen Spuren: keine aufgerichtete Stange etwa oder ein Stück Seil oder ein Tritt; nicht die geringste an der Natur vorgenommene Änderung wie (tiefer unten) ein Mäuerchen, eine Hütte, ein Dach, ein Steg. Eine Landschaft wie zu Urzeiten. Hätte einer nach der letzten Eiszeit dagestanden, vor fünfzehntausend Jahren, es hätte sich ihm derselbe Anblick dargeboten.

Und dennoch: Eine gerade Linie, durch Luft und Felsen hindurchgezogen, nur acht Kilometer lang, hätte geendet inmitten eines fetten und lebendigen Dorfs von etwa tausend Einwohnern! Hier undenkbar; weil im Hochgebirge die Distanzen ganz andere Werte haben.

Mittag war längst vorüber; Ull, von seiner Ermattung erholt und doch nicht erholt, dachte hin und her, seine Überlegungen ergingen sich in weiteren Kreisen, das Schwergewicht verlagerte sich und was mehr und mehr und endlich in voller Deutlichkeit hervortrat: seine Freundin.

Wie hatte er sie nur ziehen lassen können! Mit ihr wäre er nicht in diese Falle geraten und wäre überhaupt alles anders verlaufen. – Sie hatte den dringenden Wunsch geäußert, einmal wieder für eine Woche zu ihren Angehörigen in einer Stadt im Norden zurückzukehren; daraufhin würde sie in die Alpen kommen und an Stelle von Johann seine Begleiterin sein. Er hatte seine Zustimmung gegeben; wenn er jedoch darum gebeten hätte, hätte sie ohne Zweifel ihren Plan fallengelassen und wäre von Anfang an mit ihm gezogen.

Vor wenig Jahren von ihm in das Gebirge eingeführt,

war sie rasch zu einer guten Alpinistin geworden. Obgleich leicht und dünn, fast gebrechlichen Aussehens, – aber brutale Kraft kann auf großen Besteigungen nur selten von Bedeutung sein; Gemsen haben nicht die Kraft eines Ochsen, sind aber wunderbare Gängerinnen. – Ihn faßte Sehnsucht nach ihr, eine rasch ins Ungemessene wachsende Sehnsucht. Es drängte ihn, laut ihren Namen zu rufen – durch Felsen und über Ebenen hin, Hunderte von Kilometern weit –, dann kam ihm das Unterfangen doch allzu lächerlich vor. – War die Liebe zu ihr größer als die zum Gebirge? Es war eine anders geartete Liebe. Das Gebirge hatte er nun oder vielmehr: es hatte ihn; es umgab ihn, ringsum; im allgewaltigen Sonnenlichte gleißend und in Finsternissen starrend.

Wäre ein sehr einsichtiger und weitblickender Geist erschienen – zum Beispiel jener Bergesalte, der aus der Felsenspalte trat, um die zu Tode gehetzte Gemse zu beschützen (»und mit seinen Götterhänden schützt er das gequälte Tier«) –, so hätte er ihm folgenden Rat gegeben: »Bleibe hier und grabe dich am Abend tief in Schnee ein. Laß dich nicht, so spät am Tag, auf den Abstieg durch eine Felswand ein, von deren Begehbarkeit du keine Kunde hast. Morgen zu frühester Stunde wirst du – wenn das Wetter sich nicht ändert, aber ich kann dir meine Überzeugung ausdrücken, daß es gut bleibt – mit Leichtigkeit in

deinen noch vorhandenen Spuren im nun harten Schnee den Abstieg über den Gletscher ausführen.« Aber der Geist trat nicht aus der Felsenspalte.
Und nun, ob man es glauben kann oder nicht, ging etwas Seltsames mit ihm vor (um es zu verstehen, darf man freilich die körperliche Ermüdung nicht vergessen sowie den Schlafmangel der letzten zwei Tage): Er, der Stahlharte – in den Augen der andern –, der Bärenbezwinger – im Traum von Johann –, heulte auf seinem Grat.

14

Die Südwand

Wenn ich sage »die Südwand erschien als ein einziger ungeheurer Abgrund«, so muß ich einmal auf die Frage antworten: Was für einen Sinn kann es heute noch haben, oft von Abgründen, von schauerlichen, von grauenerregenden Abgründen zu reden? Heute, da täglich zahllose Leute, auch alte und gebrechliche, in vieltausend Metern Höhe über Länder und Kontinente sausen? – Die Tiefen, die man von Verkehrsflugzeugen aus wahrnimmt (wenn man sie überhaupt wahrnimmt), sind zum größten Teil eine Abstraktion; der Eindruck von Abgrund dagegen kann nur entstehen durch sinnliche Wahrnehmung. »Wir fliegen in fünftausend Metern Höhe«, wird angekündigt. »Sie sehen Bordeaux, die Gironde.« Wenn einer von den schläfrigen oder in Akten vertieften Fluggästen sich die Mühe macht, so gut es geht hinunterzuschauen, so sieht er wirklich Bordeaux, die Gironde – wie auf einer Landkarte. Eine Landkarte aber ist eine Abstraktion. Oder wie oft ist es vorgekommen, daß einer beim Anblick einer Landkarte von Schwindel erfaßt das Haupt auf den Tisch fallen ließ?

Eine Neunzigjährige, zu großem Teil gelähmt, hat soeben den Kontinent überflogen und wird gefragt, wie die Fahrt verlaufen sei. »Danke«, beginnt sie mit meckernder Stimme. »Der Aufstieg war gut. Aber beim Abstieg, da wäre es fast übel verlaufen, es war da wohl ein untüchtiger Mann an der Ecke.« Ein untüchtiger Mann – meinte sie den Kopiloten? Nein, sie redete nämlich von dem Auf- und Abstieg über den Laufsteg auf ihrem Traggerät. – Man blickt aus dem dreißigsten Stockwerk hinunter und hat kein Gefühl von Tiefe, jedenfalls keine Spur von Furcht, die Brüstung vor dem Fenster ist zu breit, zu massiv; man sieht eine Art Gartenanlage da drunten, Wege, ein kleines Wohnhaus, das man zuerst für einen Kaninchenstall gehalten hat (auch da wieder zum Teil eine Landkartenwirkung). Wenn du dagegen die Dachrinne eines nur ein- oder zweistöckigen Hauses beschreiten sollst und diese Dachrinne verrostet und offenbar nicht mehr solid ist . . ., so wirken die acht Meter neben dir schon wie eine Art Abgrund. – Was aus alldem hervorgeht: die Abgründe hören für einen Alpinisten nie auf.

– Ull, auf seinem Grat träumend, erkannte endlich, daß er sich einen Ruck geben mußte (wenn das Leben weitergehen sollte); und das hieß: daß er sich zureden mußte, genau wie einem andern; wie er es oft einem andern gegenüber getan hatte. Wie seinem

Freund P. zum Beispiel, als dieser vor einer Scharte im Grat, nahe dem Gipfel, mit Festigkeit erklärte: »Da gehe ich auf keinen Fall hinüber. Wenn ihr weitergehen wollt (sie waren zu dritt), so bindet mich los, ich bleibe hier.« Die Scharte war was man nennt »messerscharf«, mit Abgründen links und rechts, aber nur einen Meter lang, dann erhob sich der Grat wieder, breit und in gutgriffigen Blöcken. »Das ist doch nichts. Du wirst doch jetzt nicht aufgeben, ein paar Minuten vor dem Gipfel.« – »Die Abgründe.« – »Du brauchst einfach nicht hinabzuschauen. Und dazu bist du von zwei Seiten gesichert. Wie würde es dich nachher reuen, auf den Gipfel verzichtet zu haben wegen einer ganz unwichtigen Kleinigkeit. Schau jetzt!« Wie spielend stieg er die paar Meter hinunter, setzte einen Fuß quer auf die Klinge, einen Arm in den gegenüberliegenden Felsen und streckte den andern frei in die Luft. Das Gesicht zurück und nach oben drehend: »Siehst du? Überhaupt keine Schwierigkeit.« Er kletterte rasch bis zum ersten Absatz und – P. folgte nach.

Nun war es aber unvergleichlich viel schwieriger, sich selber zuzureden. Und dazu noch: wie verschieden waren die Umstände von denen des eben erwähnten Falles! P. hätte warten können, dann mit den andern auf sicherem Wege zurückkehren; Ull hatte keine Wahl, er mußte weitergehen, und was sich als Weiterweg darbot, war einzig der Abstieg über die Südwand. – Diese bestand im obersten, dem steilsten Teil fast ausschließlich aus Felsen; er aber – so argumentierte er, um daraus die Instrumente zur Selbstüberredung zu gewinnen –, durfte er sich nicht für einen guten, ja vielleicht sehr guten Kletterer halten? War das vielleicht nur seine eigene Meinung? Nein, für das Gegenteil existierten klare Beweise. Jener Nordgrat der Aiguille X zum Beispiel, den er, nur auf eine kurze und unvollständige mündliche Information hin, im Alleingang bezwungen hatte, – um nachher zu erfahren, unter Führern und andern Leuten, daß diese Kletterei als die schwierigste des ganzen Gebietes betrachtet wurde.

Nun machte er sich an den Abstieg; unverzüglich, denn die Zeit, die er brauchen würde, sie war freilich nicht abzuschätzen.

Die einzige Information, die er über die Wand gefunden hatte: Eine Seilschaft hatte sie einmal erstiegen mit einem Berner Oberländer Führer, und zwar im obersten Teil durch ein Eiscouloir, in welchem der Führer vier- oder fünfhundert Stufen gehauen hatte. Das Couloir nahm seinen Anfang in einer Lücke etwa hundert Meter weiter links im Grat; es kam natürlich für einen Abstieg nicht in Frage.

Die einzige Möglichkeit: der oberste Teil der Wand, fast völlig schneefrei, zwei bis dreihundert Meter

tief, mußte in ungefähr gerader Linie durchklettert werden. Dieses Stück war zu überblicken.
Dann aber wölbte die Wand (welche ja nur im ganzen konkav verlief) sich vor, in die Luft hinein, um erst etwa tausend Meter tiefer wieder zum Vorschein zu kommen als ein undeutliches Gemisch von auslaufendem Gletscher, Felsrücken, Schutthalden, endend in dem schon erwähnten winzigen Stück eines Hochtales.
Da nun mußte die Richtung geändert werden, nach links, fast in rechtem Winkel nach links, um über eine Stelle, die sich gleichfalls den Blicken entzog, aber nur kurz war, in gangbareres Gelände zu gelangen, gegen das erwähnte nun minder steile und bald zu Ende gehende Couloir hin, welches zu überschreiten war, und das Weitere würde sich ergeben.
Das Vorrücken durch das erste überaus steile Stück der Wand geschah viel langsamer als gedacht; Ausweichen und wieder Ausweichen und Neuansetzen; kleine Gräte oder Rippen, winzige Couloirs und flache Rinnen. Und wieder verging sehr viel Zeit.

15

Der erste Unfall

Schon nahe dem großen Überhang, als er auf einer Art von kleiner Plattform stehend das Seil herunterzog und in Schlingen sammelte, da geschah es, das Unbegreifliche.
Er stürzte zwar nicht ab. Aber der Pickel stürzte ab. Und das war fast, als ob ihn der Kumpan, der einzige ihm noch gebliebene Kumpan verlassen hätte.
Den Pickel verlieren – das ist, was einem Alpinisten nicht geschehen darf und was ihm auch bisher nie geschehen war. (Der Pickel hatte zu jener Zeit eine viel ausschließlichere Bedeutung als heute, wo Alpinisten auf schwierigen Besteigungen ein ganzes Arsenal von kleinen zumeist metallenen Utensilien mit sich führen.)
Vor Jahren war er beim Einnachten, sehr müde, oben an einem steilen gefrorenen Schneehang angelangt, dessen unteres Ende man nicht mehr erblickte; hatte sich zur Rast und zum Überlegen erst einmal hingesetzt – und geriet plötzlich ins Rutschen; er konnte sich dessen nicht erwehren, es wurde rascher, dann langsamer und kam schließlich zum Stillstand, wo der Schneehang fast eben zwischen Steinblöcken

endete. Er stand auf, mit nur leichten Schäden, die sich vorwiegend als Schürfungen der Hand erwiesen, die den Pickel eisern festgehalten hatte.
– Nun war es also doch geschehen. Er hatte den Pickel bald in der einen, bald in der andern Hand getragen, bald in einer Schlinge am einen Handgelenk. Was hatte sich eingemischt, wie hatte er auf einmal ihn fahrenlassen können? Er wollte nach ihm haschen, aber natürlich bot sich dazu keine Möglichkeit mehr. Er kollerte und glitt hinunter, verschwand dann, ein kurzer Knall ertönte und etwas später erschien er wieder, schon ohne die Spitze, weit aus dem Berg hervorstoßend, ja scheinbar himmelwärts fliegend, und dann, nach einer jähen Kurve, verschwand er, lautlos, für immer.

16

Der furchtbare Fels

Nun also bewegte er sich in der Wand mehr und mehr nach links, um dem mächtigen Überhang auszuweichen, schließlich fast horizontal, und gelangte zu der Stelle, wo der Überhang in einem nur noch schmalen Ausläufer mit einem fast senkrecht vom Grat abstürzenden Pfeiler zusammentraf. Dies war die Stelle, die allein für eine Fortsetzung des Weges in Frage kam; ein Wandstück von dreißig oder vierzig Metern Höhe, das vom Grat aus nicht zu übersehen gewesen war und auch jetzt noch zu einem Teil sich den Blicken entzog.

Er kletterte zehn Meter gerade abwärts ohne besondere Schwierigkeiten und erreichte einen Standort, den man in diesen Umständen komfortabel nennen kann: Einen Fuß mit ganzer Sohle aufgesetzt; die eine Hand aber, nein den ganzen Vorderarm, in Brust- oder Schulterhöhe um einen Zacken geschlungen, welcher mit der Wand eine Scharte bildete, die oben weit war und nach unten zu immer enger wurde. Dieser Standort, welcher erlaubt hätte, ohne Mühe beliebig lange Zeit auszuharren, gab ihm jedenfalls die Möglichkeit, in voller Ruhe die

Lage zu überblicken – soweit sie sich überblicken ließ.
Da war zunächst ein äußerst steiles Stück von etwa drei Metern und dann – sah man nichts mehr; der Überhang waltete und wie hoch der war, das war auf keine Weise auszumachen; erst in etwa fünfzehn Metern Tiefe kam der Hang wieder hervor, nun beträchtlich weniger steil. Das oberste Stück war versehen mit einigen so winzigen Griffen oder Tritten, daß man sie eigentlich nicht mehr als solche bezeichnen konnte. Mit einer Ausnahme: Nahe dem untern Rande fand sich doch ein Griff und ein gewaltiger Griff. Wie eine breite Klinge entragte er dem Gestein. Und gleich darunter wölbte sich der Buckel, von dem man nur den Anfang sah. Und wenn dieser Griff nicht gewesen wäre, hätte er sich von Anfang an jeden Versuch, diese Stelle zu bewältigen, aus dem Kopf geschlagen.
Aber wozu hatte er denn ein Seil, konnte es hier nicht dienen? würde vielleicht einer fragen. Das Seil hätte hier die vortrefflichsten Dienste leisten können, alle Schwierigkeiten beheben, – wenn man es hätte befestigen können. Aber dazu fand sich keine Möglichkeit. Die Scharte, in der sein Arm lag, kam nicht in Frage, denn beim leisesten Zug von unten rutschte das Seil in ihr abwärts, wo sie immer enger wurde, und bei weiterem Ziehen haftete es

dermaßen fest, daß es auf keine Weise mehr loszubekommen war. (Ein Elefant, am einen Ende angebunden, hätte das Seil auch nicht herunterziehen können, nur zerreißen.) Das Seil konnte also nur dienen, wenn man es geopfert hätte. (Ein einziger Felshaken hätte genügt, die Schwierigkeiten zu beheben.)
Nun gab es freilich noch eine Möglichkeit: das Seil zu benützen zu einem ersten versuchsweisen Abstieg; dann auf demselben Weg zurückzuklettern. Das halbe Seil mußte mindestens über den Überhang hinaus in gangbareres Gelände reichen. Dann, vorausgesetzt daß der Abstieg ihm ohne Seil menschenmöglich schien, würde er dieses aus der Scharte lösen und frei den Abstieg ausführen.
Jedoch in Anbetracht der späten Stunde, dann auch des großen klingenförmigen Griffs, der im äußersten Fall doch wieder hochzukommen erlaubt hätte, verwarf er jenen Plan eines Einblick verschaffenden Versuchs; er wagte das Ganze.
Das eine Ende des Seils band er sich um den Leib; am andern Ende befestigte er den Rucksack und ließ ihn in die Tiefe fahren, kollernd erst, dann im Unsichtbaren sinkend, dann von neuem kollernd und wieder sichtbar werdend in etwa fünfzehn Metern Tiefe, schließlich rutschend und öfters haltmachend, so daß es eines Rucks von oben bedurfte, um ihn zum Weitergehen zu bewegen; und endlich saß er allem

Anschein nach fest in einer Art Nische. – Ull war bereit.

Das erste Stück erwies sich als so schwierig, wie es sich angekündigt hatte. Auf den winzigen Tritten (die eigentlich nicht Tritte genannt werden konnten, aber wie sollte man sie benennen?) und mittels der ebenso winzigen Griffe stieg er mit der äußersten Langsamkeit nieder. (Für die Bewältigung einer ähnlichen Stelle, freilich im Aufstieg zu nehmen und umgeben von leichtem Gelände, lautete die Anweisung des Führers: »Sehr rasch vorgehen!« Das Gegenteil.) Mit der äußersten Langsamkeit, bis er den klingenförmigen großen Griff in die eine Hand bekam, vorerst nur von oben am gestreckten Arm, welchen er dann allmählich zu biegen begann, in dem Maße, wie es ihm gelang, den Körper tiefer gleiten zu lassen; so war schließlich der Arm ganz gebogen, also die Hand in Schulterhöhe und in den Griff von unten her eingehängt. Und nun, immer mit der äußersten Langsamkeit, ließ er den Körper tiefer gleiten, erst mit der Mittelpartie auf dem Buckel aufliegend, dann mit der Magengegend, der eine Fuß schon in der Leere baumelnd, der andere noch irgendwie am Felsen haftend, wie auch das ganze weit nach links gespreizte Bein, besonders mit der Innenseite des Schenkels; wie auch die linke Hand und der Vorderarm, von Unebenheit zu Unebenheit des Felsens wechselnd. Das heißt: er begann mehr und mehr von seinem Gewicht dem einzigen rechten Arm anzuvertrauen, der sich mehr und mehr streckte. Wenn das Schwierigste nicht gelingen sollte, nämlich unterhalb des Felsenbuckels Fuß zu fassen und zwar in einer mindestens vertikalen Stellung, so würde er immer noch diesen einen mächtigen Griff haben, sich (vielleicht mit beiden Händen fassend) wieder hochzuziehen.

Da, als der Arm schon beinahe ausgestreckt war, gab dieser Griff – dem wahrlich niemand etwas Böses hätte ansehen können – gab dieser Griff nach, zerbröckelte in seiner Hand.

Und das war das Ende, er stürzte ab, – wie jeder hätte annehmen müssen, dem die Beschreibung des Felsens eine einigermaßen deutliche Vorstellung vermittelt hat.

Daß er nicht abstürzte, hing vielleicht von einem Millimeter ab, von Grammen der Gewichtsverteilung und vor allem von einer wahrhaft außerordentlichen Kletterkunst.

Eines war klar: daß allein noch in Frage kam, wieder aufwärts zu gelangen.

Aber wie? Das ist schwer zu sagen, nein, es ist überhaupt nicht zu sagen. Alle Stellen von der äußersten Schwierigkeit (des sogenannten 6. Grades) – und in eine solche Stelle war Ull unversehens hineingeraten – sind dadurch gekennzeichnet, daß es keine genauen Anweisungen zu ihrer Bewältigung gibt, und eigentlich überhaupt keine Anweisungen (höchstenfalls Andeutungen).

Sollte er versuchen, mit äußerster Schnelligkeit vorzugehen? Die geringste ruckartige Bewegung hätte den sofortigen Absturz bedeutet. Ein Athlet des Geräteturnens, der sich mit einem Arm an den Ringen mühelos hochzieht, was hätte er mit seiner spezialisierten Kraft hier ausrichten können? Rein gar nichts. Denn wo ansetzen? – Wohl brauchte es eine außerordentliche Kraft; jedoch eine auf unzählige Orte verteilte. Außer seinem rechten Bein, das in der Luft baumelte, gab es kaum eine Stelle an seinem Körper, die nicht diente. Der Fuß des linken Beins, welches weit gespreizt nach der andern Seite ausgriff, die noch nicht ganz senkrecht war, suchte mit der Kante ein wenig Stand, was aber nur für den allergeringsten Teil des Körpergewichts aufkam; dagegen trug die Innenseite des Schenkels durch ihre Reibung mindestens ebenso viel bei. Die hochgestreckte linke Hand, obgleich fast gestreckt, suchte sich an Unebenheiten des Felsens festzuklammern, gleicherweise unterstützt durch Reibung des Arms, vor allem des Vorderarms. Die rechte Hand aber, bei noch immer nicht ganz ausgestrecktem Arm, haftete, wenn man so sagen kann, an dem kaum mehr aus der Wand hervortretenden Stummel, der vom zerborstenen großen Griff geblieben war. Und das alles zusammen hätte vielleicht nicht genügt, den Körper auch nur zu halten; es kam aber hinzu, daß er mit der ganzen Vorderseite dem Felsen anhaftete, als sei er in ihn hineingegossen. (Er hätte auch das Kinn benützt, wenn das nützlich und möglich gewesen wäre.)

Er mußte aufwärts kommen –; nennbar ist dabei nur, daß es fast unmerklich und zentimeterweise geschah, bald hier, bald dort. Solches schwierigstes Klettern ist mit dem keines Tieres zu vergleichen. Die Gemse braucht man da nicht herbeizuziehen, da sie ja überhaupt nicht klettern kann, obgleich sie im Gehen, Springen inbegriffen, den Menschen bei weitem übertrifft. Beim Eichhörnchen, welches im Klettern Unerhörtes vollbringt, vergißt man leicht den Schwanz, der ihm nämlich erlaubt, die Luft zu benützen, also zu einem Teil zu fliegen. Vielleicht Affen? Das weiß ich nicht. Aber ein Vergleich aus der Pflanzenwelt, bei aller Verschiedenartigkeit, drängt sich auf: der mit dem Efeu.

Wie lang es dauerte, ob nur eine Anzahl Sekunden oder Minuten oder eine Viertelstunde, das hätte er unmöglich sagen können. Aber wir können annehmen, daß es in ein bis zwei Minuten sich abspielte (da ein Mensch länger nicht durchgehalten hätte). Dann erst, als er den Buckel unter sich hatte und die restlichen zwei Meter bis zu seinem früheren Standort nun ohne jede Schwierigkeit zurücklegte, vernahm er ein dröhnendes Geräusch; aber das kam nicht vom Berg, es war sein Atmen.

17

Die Stimme der Freundin

Als er wieder an dem sicheren Standort angelangt war, den Fuß auf der Plattform und den Arm um die Felszacke geschlungen wie vorher, – da wußte er eine Weile nicht mehr, wie die Dinge im ganzen standen; vorerst herrschte allein ein dumpfes Gefühl von Seligkeit.

Die Heftigkeit des Atmens nahm allmählich ab und allmählich öffnete sich wieder der Blick auf das Gesamte seiner Lage. – Die Nacht war nahe und das schloß die eine Möglichkeit schon aus, nämlich wieder auf den Grat zurückzukehren. An welcher unmöglichen Stelle hätte er übernachten müssen? Es fand sich in der ganzen Wand keine, die es an Sicherheit, an »Komfort«, mit der hier aufnehmen konnte. Er hätte, um den Leib angebunden, ohne Gefahr hier die Nacht verbringen können, aber am Morgen, in welchem Zustand hätte er sich da befunden? Drüben, jenseits des Couloirs, zu Füßen der Wand, die es dort begrenzte, fand sich wohl eine für ein Biwak wie geschaffene Stelle – die einzige ebene Stelle seit dem Grat –, eine Art Felsenkanzel, für einige Personen groß genug, wenig tiefer und von hier aus im Profil

zu sehen, – aber wie hingelangen? – Die Lage war ausgangslos.
Oder er hätte das Seil opfern müssen. Weiter unten aber drohte der Bergschrund und war zweifellos ohne Seil ebenfalls nicht zu überwinden. Ausgangslos.
Und als er in der unendlichen Vielfältigkeit der Felsenwelt in allen Richtungen ohne Hoffnung nach Hilfe schaute – da kam die Hilfe.
Sie kam von seiner Freundin. Hatte sie ihn denn nicht immer begleitet? Hatte er sie nicht soeben am Seil heruntergelassen und mußte sie etwa dort sich befinden, wo der Sack lag? Indessen tönte ihre Stimme nah, ganz ruhig und warm: »Könntest du nicht ein kleines Stück vom Seil abschneiden und eine Schlinge daraus bilden?«
Das war die Erlösung. Daß ihm dies nicht eingefallen war – wie benommen mußte er gewesen sein! Das Folgende ging sehr leicht vonstatten. Er band sich los (den einen Arm immer um die Felszacke geschlungen), schnitt ein Stück von etwa zwei Metern ab, band sich sogleich wieder an (denn wehe, wenn das Seil ihm entglitten wäre!); knüpfte aus dem abgeschnittenen Stück einen Ring um sein Seil herum und legte ihn um die Felszacke. Dann zog er das Seil von unten her nach bis es gespannt war und mittels der zwei Stränge war er in kürzester Zeit über die Schwie-

rigkeiten hinweg in dem leichteren Gelände, wo der Rucksack lag.
Aber seine Geliebte, die ihn gerettet hatte, war nicht mehr da.
Hatte er wirklich an ihre Anwesenheit geglaubt? Im tiefsten gewiß nicht. Aber ihre Stimme, die hatte er gehört.

18

Die lange Nacht

Auf einer schief abwärts führenden Rippe erreichte er das Couloir, wo es aus der Schlucht hervorgetreten war und beträchtlich weniger steil wurde; aus Schnee und Eis gebildet und von oben mit häufigen Schüssen bedacht; dieses Couloir mußte überschritten werden (es endete weiter unten in glatten Felsen, die sich bald den Blicken entzogen – ein zweiter Ausläufer des großen Überhangs). Die Überschreitung gelang, nicht ohne einen gefährlichen Sprung, den er unter andern Umständen nicht gewagt hätte; nun ging es wieder schief aufwärts, zu dem längst erspähten Gesimse – der Kanzel, dem Felsenkanapee – gleichzeitig wie die Nacht sank.
Felsen sind immer komplizierter, als sie aus der Fernansicht erscheinen, und jede Beschreibung ist notwendigerweise schon eine Fernansicht (sonst käme sie ja nie zu Ende). Ich sage Kanzel – aber es fehlte die Brüstung. Kanapee – jedoch war die Stelle breiter als ein Kanapee und die Vorderseite brach nicht in rechtem Winkel ab, sondern bog sich allmählich, die Rückseite aber war zuerst überhängend und riesenhoch, außerdem war der Boden von allerlei Ge-

röll und Geschiebe bedeckt, und es bot sich reichlich Möglichkeit für das, was die einzige, jedenfalls die überwiegende Tätigkeit dieser Nacht war: mit den Schuhsohlen zu klappern.

Sehr kalt war es nicht, vielleicht fünf Grad unter Null, aber wie stand es mit der Ausrüstung für ein Biwak? Die dürftige Decke – sonst eigentlich nichts. (Ein Schlafsack – ein Traum!) Er zog alle Kleidungsstücke an; das waren ein zweites Hemd, ein Wams unter dem dicken Kittel, ein weiteres Paar Wollsokken. Er legte das Seil, glücklicherweise trocken geblieben, in Schlingen auf den Fels, sich draufzusetzen. Den Rucksack neben sich, hie und da hinter sich, den Kopf daraufzulegen – aber nicht für lange. Denn worauf es vor allem ankam: nicht einzuschlafen.

Am Anfang war es noch warm gewesen. Besonders durch die Erhitzung des Körpers. Und vor allem kam alles Weitere nicht auf gegen das Wohlbefinden dadurch, daß nach soviel Stunden endlich ein Ort gefunden war, der zu ruhen erlaubte, ja sich auszustrecken.

Dann wurde es rasch kälter. (Die Höhe war etwa die des Jungfraujochs.) Die Schüsse jedoch durchs Couloir hinunter hörten nicht auf bis tief in die Nacht hinein; erst gegen deren Mitte wurden sie seltener.

Das Klappern mit den Schuhsohlen diente drei

Zwecken: Erstens das Erfrieren der Füße zu verhindern; zweitens den endlosen Kampf gegen das Einschlafen zu unterstützen; und endlich einen Beitrag zu leisten zur Überwindung – der Zeit, ja, wenn man so sagen kann. – Er suchte das Klopfen mit den Schuhen jedesmal auf fünf Minuten auszudehnen. Er unternahm auch anderes, um die »Zeit« zu vertreiben: Er zündete die Laterne an (wozu ein einziges Streichholz genügte, so still war die Nacht), übrigens auch, um die Hände daran zu wärmen, und löschte sie nach einer Weile wieder aus; dann klapperte er wieder mit den Schuhen; er rauchte eine Pfeife und schaute dabei auf die Uhr: fast zwanzig Minuten waren vergangen. Dann steckte er die Hände wieder tief in die Hosentaschen zwischen die zusammengepreßten Schenkel. Den Hut hatte er zu beiden Seiten heruntergeschlagen wie damals im Schneesturm. (Damals: wann war das gewesen? Vor weniger als zwei Tagen!)

Er versuchte von Zeit zu Zeit zu essen, aber es gelang so wenig wie von Anfang an; übermächtig nach den unmenschlichen Anstrengungen war nur der Durst. Er knabberte an einem Stück Käse, an einer Trockenwurst – es war nicht Essen zu nennen; nur von Schokolade brachte er etwas mehr herunter. Dann war da noch das winzige Schnapsfläschchen, schon fast leer; er nahm einen Schluck und behielt die restlichen zwei Fingerhüte für morgen – für den Aufbruch.

Die Feldflasche von etwa einem Liter, filzüberzogen, die am Morgen gefüllt gewesen war und tagsüber nachgefüllt wurde durch Schnee, sie war leer. Nun fand sich freilich ringsum Eis und Schnee genug, aber sie sind schlechte Nahrungsmittel und es ist sehr schwierig, daraus bei den im Hochgebirge zur Verfügung stehenden Mitteln auch nur kleinste Mengen Wasser herzustellen.

– Nun klapperte er wieder mit den Schuhsohlen, fünf Minuten lang. Er zündete wieder die Laterne an, die einzige Gesellschaft; sie erhellte freundlich die nächste Umgebung, ließ das andere in Nacht versinken. Er rauchte wieder eine Pfeife und schaute auf die Uhr: fast zwanzig Minuten. Dann wieder die Sekunden, die einmal zu einer Minute wurden; was die Zeit sich dehnen kann! Wie war sie zu überstehen, wo sollte er beginnen? Konnte man nicht an der Nacht rütteln, daß sie schneller vorwärts ginge?

Einschlafen, sich in Schlaf sinken lassen, welche Versuchung, immer wieder! Aber er durfte es nicht, nur das nicht, auf keinen Fall.

Der Mond war unbedeutend, spät aufgegangen und von hier aus nicht sichtbar, nur zu erkennen an unklaren Schattenwürfen gegenüber. Das einzige, was

wanderte, waren die Sterne. In der Tiefe ein undurchdringliches Dunkel.
Aber was man in der Höhe sah, besonders ein Pfeiler rechts in der eigenen Wand (es war der Südwestgrat des Gipfels, der hätte bestiegen werden sollen), schwarz und dem Anschein nach völlig senkrecht vor dem Sternenhimmel, war von so ungeheurer Höhe, wie man noch nie etwas gesehen hat. Kein Laut mehr, seitdem die Schüsse des Steinschlags aufgehört hatten; kein Wasserrauschen, man hörte nicht einmal das allgemeine Tosen der Bergnacht mehr. Aber auf einmal ein betäubendes Krachen, als ob ein Turm einstürze, – und wieder war es totenstill.

Das wichtigste Anliegen, die schwierigste Tätigkeit dieser Nacht war, wie schon gesagt, das Ankämpfen gegen den Schlaf. (Denn wäre er eingeschlafen, so wäre er entweder nicht mehr erwacht oder dann in einem Zustand, der alles Weitere verunmöglichte.) Und aus diesem endlosen Kampf ging er als Sieger hervor – im ganzen. Denn es gab winzige Momente, da er doch in eine Art Halbschlaf verfiel, nein, wie klein auch die Momente waren, es war doch wirklicher Schlaf; denn er träumte. So ein Traum dauerte vielleicht nur Sekunden, dann zerschlug ihn von außen der harte Wille wieder.

So befand er sich auf einmal in einem warmen traulichen Gemach und erinnerte sich mit mitleidigem Staunen, wie er soeben noch gemeint hatte, frierend bis ins Mark hinein auf schmalem Bande in ungeheuren Felswänden ausgesetzt zu sein; mit undurchdringlicher Schwärze der Tiefe, mit Felsen und Gletschern aufragend bis in den Zenit des Himmels, wie im Rachen eines unvorstellbar großen Tieres, dessen Zähne die Türme und Eckpfeiler waren, der finstere Abgrund sein Schlund, die Sterne seine Augen.

Und dann gab es noch andere Momente, die nicht mehr Träume waren, sondern eine Mischung von Wachen und Träumen, genau das, was man eine Halluzination nennt. In einem solchen Moment hatte er auf einmal die endgültige Antwort gefunden auf die oft gestellte Frage: »Warum steigt ihr auf Berge?«
(Denn all die üblichen Antworten genügten nicht: Der Gesundheit wegen; aber dazu mußte es wohl andere und minder kostspielige Mittel geben. Der Höhe wegen; aber dann die Bergbahnen, das Flugzeug? Weil es eine besonders reichhaltige Art von Sport ist, die, wenn auch nur in engem Kreise, aber von einer Elite besondere Auszeichnung einbringt;

das hatte schon mehr für sich, aber es genügte auch nicht.) Dies war es:

Um dem Gefängnis zu entrinnen.

... Und nun?

19

Der Bergschrund

Der Morgen kam, langsam, aber schließlich war es doch wirklich hell geworden; doch brachte das keine freudige Erlösung, denn nun begannen neue Probleme. Vorerst dies: bei der fast völligen Steifheit der Glieder konnte noch keineswegs an einen Aufbruch gedacht werden; denn das steile Stück Firn abwärts zu queren, ohne Pickel, erforderte vor allem Gewandtheit, genauer Geschmeidigkeit, und zwar das Äußerste an Geschmeidigkeit. Also mußte er noch Stunden warten; aber da das Wetter schön war und kaum ein Wind wehte, stieg die Temperatur rasch; und etwa um sieben Uhr war er bereit – soweit man in seiner Lage bereit sein konnte.

Indessen wurde der Anfang des Abstiegs dadurch erleichtert, daß die ersten rund zehn Meter am doppelten Seil zurückgelegt werden konnten, ohne jede Gefahr, und mit der Möglichkeit, falls eine Fortsetzung als ungünstig erschien, ohne Schwierigkeit wieder auf die Plattform zurückzugelangen. (Und so ein Versuch hätte eigentlich schon früher unternommen werden können.)

Es ließ sich leicht eine geeignete Stelle finden, eine

Art Block, wo das Seil angelegt werden konnte. Er stieg also hinunter – nachdem er zur Stärkung einen Schluck Schnaps zu sich genommen hatte, den letzten, winzigen Schluck, den er die Nacht über aufgespart hatte für diese Gelegenheit. Auch etwas Schnee aß er – eine schlechte Ernährung. Der Schnee im übrigen, erst dünn, untermischt mit Gestein und schon wieder schmelzend, ging rasch in die kompakte Masse des Firns über. Diese Masse war zugleich hart und weich, genauer: zum Teil hart und zum Teil weich. Am Ende des Seiles angelangt, blieb er stehen zwecks gründlicher Überlegung. In der Hand hielt er die beiden Enden des Seils, das ihm noch jederzeit ermöglichte, die Plattform wieder zu erreichen. Das eine Bein trug sein ganzes Gewicht, senkrecht tief in den Schnee eingegraben in einem dem Anschein nach sehr sicheren Tritt, während das andere rechtwinklig gebogen viel höher oben den Hang berührte und eigentlich nur dem Gleichgewicht diente. Unter ihm fiel der Firnhang noch dreißig oder vierzig Meter ab bis zu einem Saum, der weit und gerade nach links und rechts verlief, da und dort durch kleine Blöcke und andere Spuren von Felsen gekennzeichnet, woraus mit ziemlicher Sicherheit auf das Vorhandensein eines Bergschrunds zu schließen war, wohl mit einer Felswand darüber; und erst bedeutend tiefer darunter erblickte man den Gletscher.

Weiterhin in gerader Linie absteigen? Das kam gar nicht in Frage. Wieder mußte er an die Gemsen denken. Wie hätten die sich aus der Sache gezogen? (Sie hatten auch keine Pickel – freilich vier Beine.) In keinem Fall wären sie senkrecht abgestiegen. – Er sann nach und machte sich einen Plan zurecht – den einzig möglichen:

Er mußte in schräger Linie den Firnhang queren, und zwar mehr horizontal als absteigend (etwa zwei Teile horizontal und einen abwärts.) Auf das strengste aber mußten dabei diese zwei Regeln befolgt werden: mit der höchstmöglichen Geschwindigkeit sich bewegen (und wenn möglich eher in Sprüngen als in Schritten); und in mindestens vertikaler Körperhaltung, auf keinen Fall bergwärts geneigt.

Eine außerordentliche Beinarbeit also. Die Arme hatten nichts zu tun als in geringem Maße zu balancieren.

Wenn er genau nach diesen Regeln vorging, mußte es gelingen.

Also machte er sich daran, das Seil herunterzuziehen und einzusammeln, wozu es einiger ausholender Bewegungen bedurfte. Während er so hantierte, spürte er auf einmal in einem Fuß, dem des Standbeines, ein Säuseln, ein ganz leises, aber unheimliches Gefühl ... wie daß etwas nachgab. Instinktiv griff er blitzschnell nach seinem Pickel; der war aber ... nicht da.

Da krallte er sich mit den Händen in den Schnee, was sollte er anderes tun? Dadurch geriet jedoch der Körper in eine schiefe, dem Schneehang parallele Lage und der Grund wich vollends unter den Füßen. Er rutschte, Hände und Arme konnten das nicht verhindern; das Rutschen wurde rasch schneller; er sauste dem Bergschrund entgegen, der weiter und tiefer war, als angenommen werden konnte, – und ward nicht mehr gesehn.

20

Der wilde Bach

Zu der Zeit, da Ull sich längst auf seinen endlosen Kampf mit dem Gletscher eingelassen hat, eilt Johann munter bergabwärts; munter wenigstens dem Anschein nach. Nach den Schneehängen quert er die Alpterrasse und erreicht bald darauf dieselbe Stelle, wo sie vor drei Tagen beim Aufstieg gerastet haben, und da setzt er sich wieder hin. Die Quelle fließt noch wie damals und es ist fast dieselbe Tageszeit. Da unten das Tiefland ... die stickige Tiefe wieder, der heiße Dampf, der ihr entquoll ... Seine Gedanken gingen zu dem andern, den er verlassen hatte, der nun da droben die kühnen Taten vollbrachte, der vielleicht jetzt schon auf einem Gipfel stand. (Wie wenig richtig waren seine Vorstellungen!) Ihm wurde schläfrig und zugleich elend zumute. Auf einmal würgte es ihn und er übergab sich.

Er stand auf und schüttelte sich, er mußte ja doch in die Tiefe. Den im Aufstieg so langen Hang durcheilte er rasch. (Er war auf einmal ein besserer Berggänger geworden.) Er erreichte den Weiler – aus wenigen Häusern, mit kaum einem sichtbaren Menschen; mit einigen teilweise ebenen Wiesen oder Feldern ringsum. Dieses Gelände befand sich etwa fünfzig bis hundert Meter über der Sohle des »Nebentales« (welches aber von hier aus gesehen, also vorläufig, das Haupttal war) und drüben, am andern Ufer, sah man die Straße entlangführen, die der Autobus befahren hatte. Nur hatte dieser Autobus damals sie ein beträchtliches Stück weiter oben im Tal abgesetzt, wo nämlich der Steg sich befand, und sie waren in umgekehrter Richtung, talabwärts und zugleich ansteigend, hierher gelangt. Diesen Umweg nun wollte Johann abschneiden.

Er verließ also den Weg und ging über die Felder hin. Den Bach (oder das winzige Flüßchen) würde er auch ohne Steg überschreiten, sei es auch vielleicht mit ein paar Sprüngen, Blöcke lagen genug in einem derartigen Bach; und wenn nicht an dieser Stelle, so an einer andern. Der Hang, der zu ihm hinunterführte, was konnte der für Schwierigkeiten bieten? Erst waren es Wiesen, dann eine Art Wald, kaum mehr als zwei Häuser hoch. – Da schritt irgendwo, ein oder zwei Felder entfernt, auf einmal ein Bauer, mit einem Gerät auf der Schulter, und machte ihm sehr energische Zeichen.

»Wie – verboten?« rief Johann.

»Nein – aber gefährlich!«

Ein ungeheures Gelächter, nicht unähnlich dem Wiehern eines Pferdes, war die Antwort. – Das mußte man ihm sagen, ihm, einem Hochalpinisten! Was hatte so ein blödes Bäuerlein ihm von Gefahr zu reden – ein einfältiges Bäuerlein, das sicher nie über die Alpregion hinausgekommen war – was wußte es von den Eisstürmen da droben?

Ein Hochalpinist! Oder doch der Begleiter eines wirklichen Hochalpinisten, den er freilich dann verlassen hatte, aber das zählte jetzt nicht: er gehörte doch zu jenem, zum Reich der Höhe, nicht dem der Tiefe. – So übernahm er, schon in der Tiefe, von dem Zusammensein mit Ull etwas, das sich als Überheblichkeit äußerte, ja als Vermessenheit. – Ull selber hätte dem Rat des Bauern nicht mit dieser Mißachtung geantwortet.

Johann geht entschlossener seinen Weg vorwärts. Die Wiese neigte sich und ging in einen Wald über von besonderer Art; die Tannen standen weit auseinander, sie aber boten allein sicheren Halt; dazwischen standen Pflanzen und überdeckten alles. Diese Pflanzen, offenbar Verwandte des Rhabarbers, aber mit viel dünneren und längeren Stengeln, bildeten mit ihren Blättern ein vollständiges Dach; der Grund aber, welchen man nicht sieht, bietet den Füßen nur schlechten Halt und auch der Pickel kann kaum helfen (eben schon darum nicht, weil man nicht unter das Blätterdach sieht); dieser Grund nämlich besteht aus wenig nasser Erde oder Lehm und vorwiegend aus Platten, über die Wasser rieselt. Johann gerät plötzlich ins Gleiten; kein Baum ist mehr erreichbar; er faßt nach den Pflanzen, die in seinen Händen bleiben und mit ihm in die Tiefe fahren; so saust er in den Bach hinein und schlägt mit dem Kopf gegen einen Felsen.

Ist es ein Bach oder ein Flüßchen? Wie man will; oder vielmehr: weiter unten im Tal, wo dieses breiter und ebener wird, muß man wohl von einem kleinen Fluß sprechen; hier aber ist es ein reißender Bergbach. Er führt keine große Wassermenge; aber dieses Wasser kommt mit gewaltiger Kraft bald von links, bald von rechts, um Blöcke herum, welche keinen Halt oder nicht genügend Halt bieten, weil zu glitschig oder zu rund; schon ist Johann im Gezische weitergeschleudert, Kopf unten, Kopf oben, gegen einen Felsen schlagend, dann sich erwehrend gegen einen andern Felsen schlagend, im wieder tieferen Wasser gurgelnd und ächzend (denn es gab auch Löcher von einem oder zwei Metern Tiefe); so – ohne daß man sagen könnte, in welchem Maße die Schläge an den Kopf und das Wasser daran Anteil hatten – verendete er, rasch.

Und diese Raschheit muß auffallen. Ihres Gegensatzes wegen zu dem Verlauf seines Lebens, in welchem doch sich fast alles mit schwermütiger Langsamkeit abgespielt hatte. – Und das Ende von Ull, das, spätestens vom Verlust des Pickels an gerechnet, an die vierundzwanzig Stunden dauerte; oder, wenn man die Nachtstunden auf der Kanzel in den eisstarrenden Felsen zehnfach zählt (da ja Zeit verschieden lang ist), über hundert Stunden: stand es nicht in ebenso großem Gegensatz zu seiner Natur, seinem allgemeinen Verhalten? So hatten die beiden gleichsam ihre Rollen vertauscht in ihrem Sterben; und die vielleicht unsinnige Frage taucht auf, ob nicht, wenigstens in kleinem Maße, dasselbe hätte geschehen können – im Leben?

Inhalt

Suhrkamp Verlag GmbH
Torstraße 44, 10119 Berlin
info@suhrkamp.de
www.suhrkamp.de